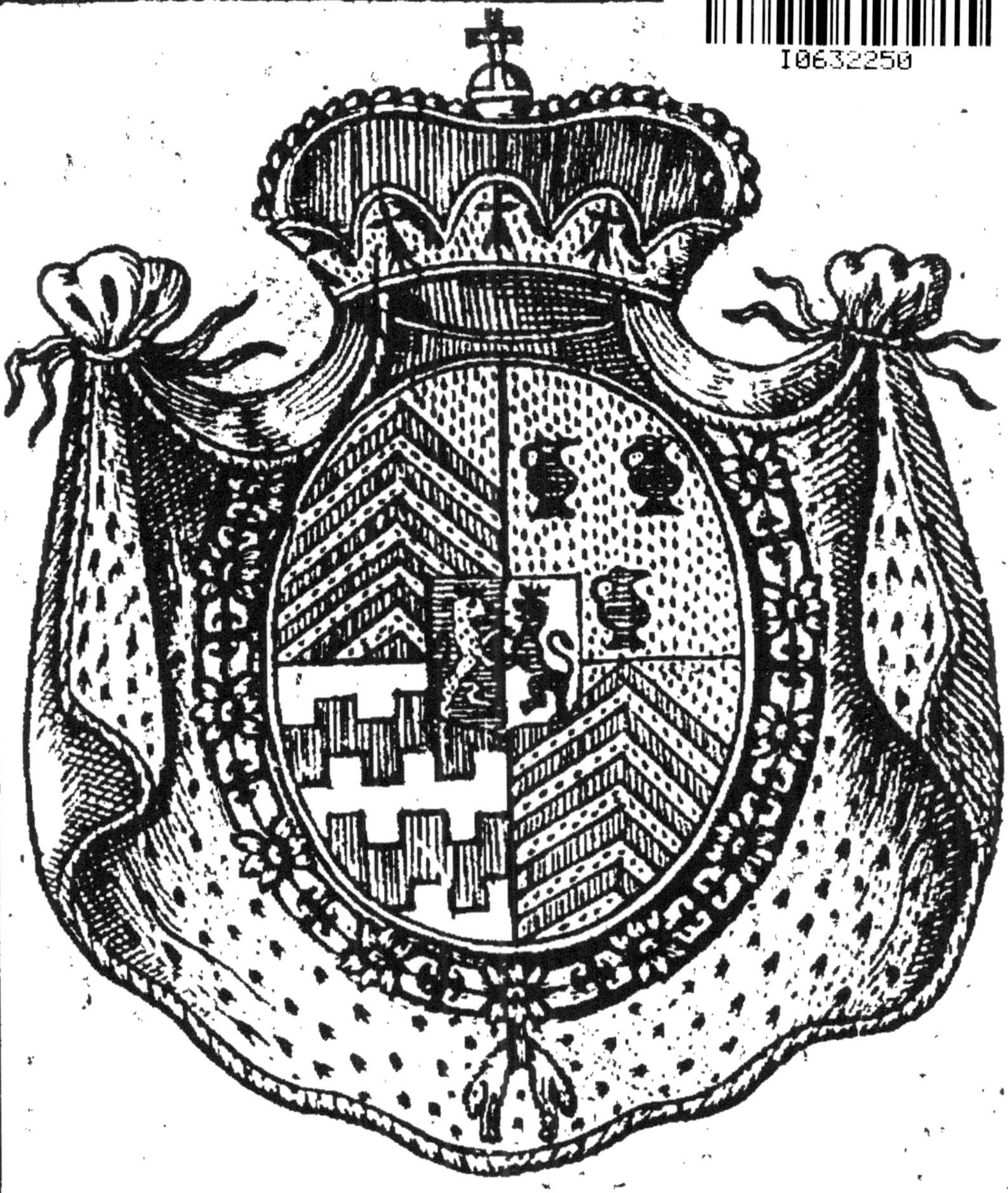

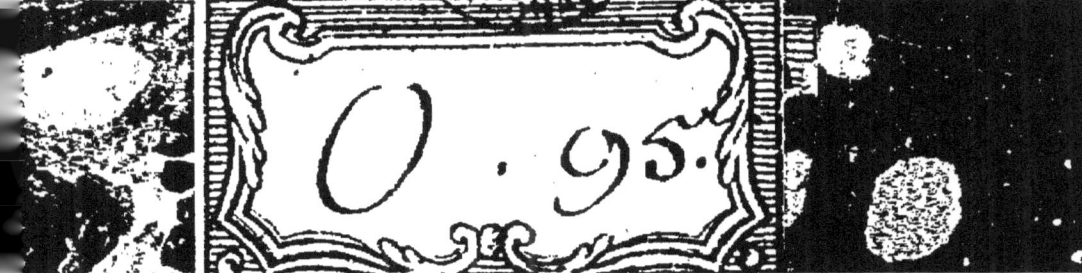

CONTES
MOGOLS.
TOME SECOND.

ES MILLE

ET UNE

SOIRÉES.

CONTES MOGOLS,

TOME SECOND,

A PARIS;

Chez les Libraires Associés.

M. DCC. LXV.

TABLE

Des Histoires contenues au Tome second.

a

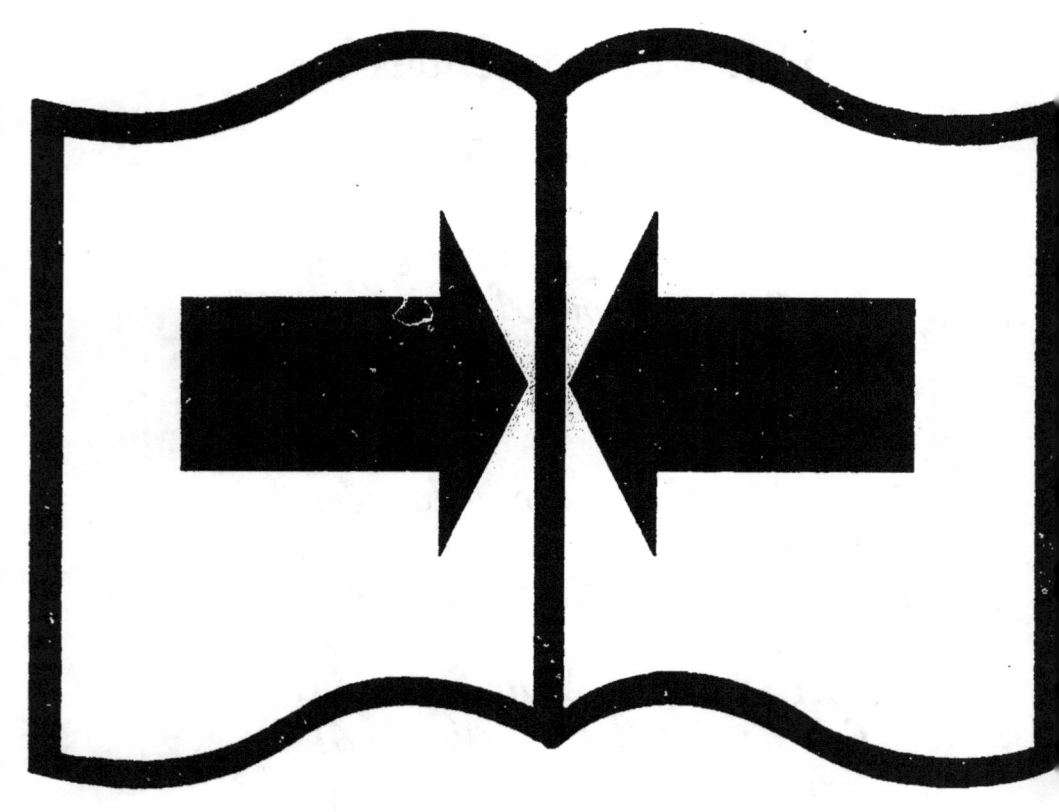

Reliure serrée

TABLE.

TABLE.

TABLE.

Fin de la Table du Tome second.

LES SULTANES
DE GUZARATE,
ov
LES SONGES
DES HOMMES ÉVEILLÉS.
CONTES MOGOLS.

XIX. SOIRE'E.

*Suite de l'Histoire d'Aboul-Assam,
Aveugle de Chitor.*

JE m'imaginois, continua l'aveugle, trouver dans cette fille que le Sultan me donnoit pour femme, toute la repugnance qu'elle devoit avoir,

Tome II.   A

pour un homme tel que je paroiſſois être. Mais le ſéjour du Serail eſt ſi triſte, & ſi auſtere pour ces ſortes de perſonnes, qu'elle n'heſita pas à accepter la propoſition que la Favorite lui fit de m'épouſer. Je témoignai ma joye de cette union, par mille actions plus folles les unes que les autres; & le Sultan nous ayant après la Fête, fait conduire dans l'exterieur du Serail, il fit venir un Iman qui nous maria, & non content de cela, il nous fit mettre au lit en ſa preſence, & ſe retira enſuite avec la Favorite, qui avoit auſſi voulu être témoin de cette derniere cérémonie.

Quelque paſſion que je reſſentiſſe pour ma femme, & quelqu'empreſſement que je dûſſe avoir de lui marquer à quel point alloit envers elle ma reconnoiſſance, je crus devoir encore auparavant donner une nouvelle scene au Sultan. Pour cet effet, je fortis brusquement du lit, j'ouvris la porte de ma chambre, & je m'en sauvai en chemise & en (*a*) caleçon avec tant de précipitation, que je renversai en courant tout ce qui se presentoit devant moi. Le Monarque averti sur le champ de cette nouvelle folie, m'ayant fait arrêter, me fit amener devant lui. Roi de Mouscham, me dit-il, quelle frayeur vient de vous saisir? Quoi, une simple fille fait fuir un des plus grands Heros de la terre? Seigneur, dis-je alors au Sultan, tu aurois eu aussi peur que moi, si tu t'étois trouvé à ma place. Tu m'avois promis toute sorte de satisfaction en me donnant une femme; mais je me suis vû bien loin de mes esperances : à peine ai-je été couché

***

(*a*) Les Orientaux hommes & femmes couchent ordinairement en caleçon.

auprès de ma nouvelle épouse,
qu'il m'a semblé entendre sous la
couverture un bruit extraordinaire; attentif, & prêtant l'oreille,
j'ai cru entendre dans son ventre
plusieurs voix claires & fort dis-
tinctes, dont l'une demandoit une
chemise, l'autre un turban, une
robbe & des pabouches, une
troisiéme du pain, du ris & de la
viande, qui pis est, il m'a paru
que toutes les personnes qui parloient ainsi s'entrebattoient ; de
sorte qu'épouvanté par leurs cris,
je me suis promptement échappé,
dans la crainte de devenir pere
d'une grosse famille, qui me té-
moignoit déja ses besoins que je
n'aurois pas le moyen de lui four-
nir, & dont j'ai voulu éviter les
reproches.

Le Sultan éclata de rire à cette
réponse. Il n'est pas si fol en cette
occasion qu'on le pense, dit-il
alors; combien de gens, conduits

par leur seule paſſion, s'engagent-ils dans le Mariage, ſans en prévoir les ſuites, & laiſſent le plus ſouvent un grand nombre d'enfans expoſés à la miſere. ? Pour remedier aux craintes de ce galant homme, je veux qu'on lui aſſigne pour lui & pour ſa femme deux mille piéces d'or par an. Va, mon ami, continua-t'il, retourne auprès de ton épouſe; ne t'inquiéte point de ce que deviendront tes enfans, j'en aurai ſoin comme des miens propres, & je te promets par avance qu'ils ne manqueront de rien. Je m'étendis alors en remercimens plus ridicules les uns que les autres, & cette derniere ſcene réjouit tellement le Sultan, que tirant de ſon doigt un diamant d'un prix très-conſiderable; porte cette bague à ta femme, me dit-il, voilà le commencement de la dot que je lui veux aſſigner.

Vous pouvez croire que je me laiffai reconduire volontiers auprès de mon époufe; je lui racontai avec beaucoup de fatisfaction ce qui venoit de m'arriver, & comme elle avoit de l'efprit, elle comprit tout d'un coup que le mien n'étoit pas auffi aliené que je voulois le faire croire au Monarque de Cambaye. Mon cher Seigneur, me dit-elle en m'embraffant, j'étois préfente à votre premiere rencontre avec le Sultan, & depuis ce moment, j'ai conçu pour vous une violente inclination. Ne vous imaginez pas que j'aye été à votre égard auffi credule que ce Prince. Quand on aime, l'on voit les objets de fa tendreffe avec de meilleurs yeux que les gens indifferens. J'ai conçu que vous n'aviez feint d'avoir l'efprit égaré que pour échapper de la mort qui vous étoit certaine, fi vous n'aviez pris ce parti. Ce

fut moi qui engageai la Sultane à
parler en votre faveur, & lui
ayant depuis témoigné l'affection
que je vous portois, j'ai obtenu
d'elle qu'elle prieroit le Sultan de
nous unir ensemble.

Je fus si surpris, continua
Aboul-Assam, d'entendre ainsi
parler ma femme, que je fus
quelque tems sans lui répondre ;
& mon étonnement n'ayant servi
qu'à la confirmer dans ses idées,
je crus devoir lui avouer la verité.
Charmés l'un de l'autre, nous
passâmes ensemble des jours très-
heureux, laissant toujours croire
au Sultan que je n'avois pas l'esprit
des plus sain. J'avois un plaisir
infini dans les differens rôles que
je jouois à tous momens : si je
voyois rire les autres des folies
que je disois ou que je faisois, je
me moquois interieurement de
celles dont tous les jours j'étois
Spectateur, & qui la plûpart du

tems fervoient de matiere aux
divertiffemens que je procurois
au Sultan, fans cependant, autant
que je le pouvois, m'attirer des
ennemis, comme j'avois fait étant
Medecin du Sultan de Chitor; au
contraire, je ne cherchois qu'à
faire plaifir à tout le monde, &
je vais même vous en raconter un
trait qui me valut un prefent très-
confiderable. Le Sultan qui alloit
fort fouvent à la chaffe à l'oifeau,
avoit un Faucon blanc, qu'il
aimoit paffionnément. Un jour
qu'il vouloit le faire voler, fe
trouvant que fon oifeau favori
étoit malade, & même affez dangereufement : Menoulon, dit le
Sultan en colere au grand Fauconnier, tu fçais combien je fuis
attaché à ce Faucon ; je fuis perfuadé qu'il n'eft en cet état, que
par le peu de foin qu'on a eu de
lui : prends bien garde à ce qu'il
deviendra ; car je t'avertis, que

quiconque me dira qu'il eſt mort,
je lui ferai couper la tête. Le Fauconnier ſe retira bien affligé d'une
pareille menace ; il n'épargna ni
ſoins, ni peines pour ſauver le Faucon ; mais malgré cela, l'oiſeau
étant mort au bout dé huit jours,
il n'y eut point de douleur pareille
à celle de Menoulon. Comme je
demeurois vis-à-vis de ſa maiſon,
je courus aux cris que faiſoient
les valets de la Fauconnerie, &
je fus ſi touché de la ſituation de
leur Maître, que je reſolus de
faire mes efforts pour le tirer du
peril où il étoit, ſe trouvant obligé
de rendre compte tous les jours
lui-même au Sultan à l'iſſuë de ſon
dîner, de la ſanté de ſes oiſeaux.
Tranquiliſe-toi, Menoulon, lui
dis-je, & laiſſe-moi faire : ſi le
Roi fait mourir quelqu'un, ce ne
ſera pas ſûrement toi. Je courus
ſur le champ au Palais; le Sultan
alloit ſe mettre à table, & paroiſ-

foit de fort bonne humeur. D'où viens-tu, Roi de Moufcham, me dit-il, que tu parois fi agité ? Ah ! Seigneur, lui dis-je, j'ai une avanture bien finguliere à te raconter : je viens de la Fauconnerie, j'ai trouvé Menoulon, le balai à la main, qui nettoyoit une place de trois pieds en quarré, devant la voliere dorée ; il l'a arrofée enfuite avec de l'eau de fenteur, après quoi il a étendu deffus un tapis de foye brodé d'or qu'il a femé de fleurs les plus odiferantes. Il a été alors chercher ton Faucon blanc, & fondant en larmes, il l'a couché fur le dos. Le Faucon étoit étendu fur le tapis, les aîles déployées, le bec en haut, les jambes ferrées, les yeux fermés.... A ce difcours fi détaillé, le Sultan m'interrompit brufquement : Ah ! me dit-il, mon Faucon blanc eft mort.

C'eft votre Majefté même qui l'a dit, m'écriai-je en ce moment,

que fa tête foit fauve ! Le Sultan
fut d'abord furpris de ma réponfe ;
mais fe rappellant la menace qu'il
avoit faite à Menoulon, il ne put
s'empêcher d'éclater de rire ; va
trouver le grand Fauconnier, me
dit-il, affure-le, que je fuis perfuadé qu'il a fait fon poffible pour
réchapper mon Faucon, & que je
ne lui veux point de mal de fa
mort. Je courus annoncer cette
bonne nouvelle à Menoulon, &
lui ayant raconté de quelle maniere je m'y étois pris pour détourner
de deffus fa tête les menaces du
Sultan, il m'embraffa tendrement,
& me fit prefent d'une bourfe,
dans laquelle il y avoit mille pieces d'or.

Avec une pareille conduite de
ma part, & une femme qui m'aimoit tendrement, rien ne man-
quoit à mon bonheur, & je croyois
qu'il devoit durer éternellement,
lorfqu'il finit tout d'un coup au

bout de quelques mois, par la mort du Sultan qui, à la chaſſe, étant tombé très-rudement de deſſus ſon cheval, ne laiſſa aucun enfant mâle pour lui ſucceder.

La diviſion qui ſe mit dans le Royaume, ne m'ayant pas permis d'eſperer que celui qui regneroit après lui, auroit pour moi les mêmes bontés, je propoſai à ma femme de quitter la Cour; elle y conſentit d'autant plus volontiers, que le nouveau Sultan fit bientôt connoître que je lui étois très-indifférent : nous nous retirâmes donc dans une petite maiſon des Fauxbourgs de Golconde, & l'ayant fait accommoder très-proprement & très-commodément, nous y goûtions les plaiſirs d'une vie tranquille, lorſque ma femme devint groſſe. Je reſſentis un extrême plaiſir à cette nouvelle ; mais je n'étois pas né pour être long-tems heureux : elle mourut en donnant le jour à un gros Garçon qui fuivit fa mere de fort près.

J'avois eu tant d'occafions de me louer de mon époufe , elle m'avoit donné des marques fi effentielles de fon amour , & je l'aimois avec une paffion fi extraordinaire, que fa perte penfa me rendre veritablement fou.

XX. SOIRE'E.

uite de l'Hiftoire d'Aboul-Affam, Aveugle de Chitor.

Longé dans la douleur la plus vive , je m'abandonnai tout ntier à moi-même ; je fus huit oursfans prefque boire ni manger, fans vouloir recevoir aucune confolation. J'avois pour proche voifine une bonne veuve fort âgée, & dont ma femme avoit

reçu dans fa couche tous les fecours poffibles ; elle fut touchée
de mon malheur, ne voulut pas
m'abandonner, & fit tant par fes
remontrances, que je confentis à
ne me point laiffer mourir comme
d'abord je l'avois refolu, Elle avoit
un fils unique, âgé au plus de
trente ans, il fe joignit à fa mere,
& me donna tant de marques
finceres d'amitié, que je crus
devoir lui en témoigner toute ma
reconnoiffance. Nous fûmes plus
de fix mois fans nous quitter ; & le
tems ayant diminué ma douleur,
& m'ayant fait oublier la perte
que j'avois faite, je ne fongeai plus
qu'à imiter mon ami, c'eft-à-dire,
à paffer la plus grande partie des
jours & des nuits à table, dans le
vin, le jeu ou avec les femmes,
dont on ne manque point à Golconde. En menant cette vie, je
vis bientôt la fin de mon argent
comptant, & de mes bijoux ; je

comptois du moins sur les deux
mille pieces d'or que j'avois droit
de recevoir au Tresor du Sultan ;
mais je ne sçavois pas que celui
qui regnoit alors, avoit annullé
toutes les liberalités de son Prede-
cesseur ; & me trouvant obligé de
vendre mes meubles piece à piece, je me vis bientôt reduit dans
la derniere misere. Le fils de la
veuve m'aida à vivre pendant
quelque tems ; mais sentant que
j'étois à charge à sa mere qui
n'étoit pas riche, je pris le parti
de me faire Calender, & j'en eus
bientôt revêtu l'habit. Ne croyez
pas que je fusse devenu meilleur
pour cela ; au contraire, je n'avois
cherché qu'à me mettre à l'abri
de l'insulte & de la misere, &
j'y étois parvenu par ce moyen.
J'avois même engagé mon camarade de débauche à m'accompagner, & nous allions de ville en
ville, vivant toujours amplement

aux dépens des bonnes gens. Un
jour que nous étions à la campagne, chez un de ces devots Mu-
fulmans, on lui annonça une
troupe de Charlatans Perfans, qui
faifoient des chofes fi extraordinaires, que le recit que l'on en
fit à fes femmes & à fes enfans,
excita vivement leur curiofité.
Comme je n'avois jamais vû de
pareilles gens, j'engageai ce bon
homme à donner cette legere fatisfaction à fa famille : il y confen-
tit, & ayant fait entrer les Charlatans dans fa Cour où il avoit placé
fes femmes & fes filles couvertes
de voiles qui leur defcendoientjuf-
qu'aux pieds, ces hommes finguliers dans leur efpece, commen-
cerent leurs exercices d'une maniere à furprendre des perfonnes
qui n'avoient jamais rien vû. Se
faire forger un fer rouge fur une
petite enclume pofée fur le ventre, fe tenant renverfé fur les pieds

&

& fur les mains, après s'être fait mettre fous le dos un poignard la pointe en haut à un doigt du dos; dans la même posture se faire fendre d'un coup de sabre un melon placé sur le ventre, sans effleurer la peau. Quoique cela fût admiré des spectateurs, je n'en fus pas frappé, parce que je m'imaginai bien que le frequent exercice de ces sortes de gens les avoit accoutumé à ces operations qui paroissoient si perilleuses.; mais ce qui redoubla mon atten-tion, ce fut la promesse qu'ils firent de planter en notre presence le pepin d'un arbre qui en moins de deux heures devoit se trouver chargé de fleurs & de fruits. Voici de quelle maniere ces gens-là s'y prirent pour l'executer. Ils avoient tendu dans cette cour une toile en quarré assez loin de nous, qui formoit une espece de décoration de Théâtre. Ils l'ouvrirent sur le

devant, prirent un pepin de pom-
me; & après plufieurs difcours
preparatoires, & des recits propres à éblouir des gens credules,
ils le mirent en terre, l'arroferent
& refermerent la toile; cela fait,
s'étant placés entr'elle & lesSpec-
tateurs qu'ils amuferent avec de
nouveaux tours d'adreffe, & enfuite ayant relevé la toile, ils nous
firent voir avec de grandes excla-
mations, à la place du pepin un
petit arbriffeau gros comme le
pouce, & long d'environ deux
pieds : l'un d'eux alors, pour
mieux impofer aux Spectateurs,
s'étant tiré du fang du bras
gauche, il arrofa cette efpece de
furgeon, après quoi la toile ayant
été rabattuë, ils recommencèrent
leurs jeux, & ayant continué la
même operation à cinq ou fix
reprifes avec de feints enchan-
temens, ils nous firent voir fuc-
ceffivement & par degrés, un

pommier gros comme le bras, de quatre pieds de haut, chargé de fleurs, & ensuite de fruits.

Quelqu'ébloui que j'eusse été par l'adresse des Charlatans, & par les applaudissemens qu'ils reçurent, je ne m'y étois pas laissé tromper, bien persuadé que le tout se passoit sans magie; je les avois examiné avec tant d'attention, que je m'apperçus que la toile de derriere étant double, pendant que l'on refermoit celle de devant, un enfant de dix à douze ans plantoit & déplantoit successivement l'arbre en question, à mesure qu'on le faisoit voir aux Spectateurs.

Si je laissai le bon Musulman & sa famille dans l'admiration, je ne voulus pas faire croire au chef des Charlatans que j'eusse été sa dupe; je le tirai à part, & lui ayant appris que j'avois découvert tout le mystere de la farce qu'il

B ij

venoit de nous donner, il en con-
vint avec moi. Que voulez-vous,
me dit-il en riant, il faut autant
que l'on peut se tirer d'intrigue
aux dépens des sots; c'est votre
état ainsi que le mien; vous ne
vivez que de grimaces, & moi
de tours d'adresse. J'ai été Calender comme vous, j'ai trouvé cette
vie trop unie & trop insipide, je
l'ai quittée pour embrasser celle
que je mene, elle est bien plus
variée; on ne nous regarde qu'a-
vec admiration, nous sommes
bien reçus par-tout, & avec toutes les ressources que nous avons,
nous ne craignons jamais de
mourir de faim. Je crois même
que pour devenir un habile Calender, il est necessaire d'avoir
fait quelques années d'apprentis-
sage dans des Troupes pareilles
à la nôtre, & je ne desespere
pas, quand je serai parvenu à un
certain âge, de reprendre un

habit que je n'ai abandonné que
pour quelque tems ; ainfi, frere,
fi votre Camarade & vous voulez
être des nôtres, nous vous rece-
vrons parmi nous d'autant plus
volontiers, que nous avons deux
jeunes filles à pourvoir, & que je
ne doute point qu'elles ne s'ac-
commodent volontiers de deux
gaillards, tels que vous me paroiffez l'être.

Cette propofition qui furprit
d'abord mon Camarade, ne m'é-
tonna pas. Mon ami, lui dis-je,
il n'y a pas à hefiter ; nous devons
trouver trop d'avantage dans cette
Troupe, pour n'y pas entrer avec
plaifir ; & les derniers offres de
ce brave homme m'y déterminent
entierement. Jufqu'à ce que je
fois bien initié dans vos myfteres,
continuai-je, en adreffant la parole au chef des Charlatans, je ne
vous ferai point tout-à-fait inutile:
e veux prefenter au Public des

remedes merveilleux, dont je fçai
feul la compofition : J'ai autrefois
exercé la medecine pour mon
feul plaifir, & avec mes baumes
& mes onguens, je ferai des cures
fi étonnantes, ou du moins je les
promettrai telles, que je vous
vaudrai autant d'argent, que vos
plus habiles Acteurs; en tout cas,
fi mes malades ne gueriffent pas,
ou qu'ils en crevent, ce ne fera pas
la faute de la Medecine. Fort bien
me répliqua le chef des Charlatans, en m'embraffant avec tendreffe, vous étiez né pour notre
métier, & vous auriez manqué
votre vocation fans cette rencontre. Soyez donc au plûtôt des
nôtres. Je ne veux pas, lui répondis - je, mal édifier ces bonnes
gens qui nous ont fi bien regalé
aujourd'hui, mais je compte demain, à la pointe du jour, vous
rejoindre avec mon Camarade.

Le tout fut executé comme

nous l'avions promis ; nous quit-
tâmes l'habit de Calender ; le lendemain matin, l'on nous donna à
chacun une jolie Danseuse, qui
promit de nous être fidelle, tant
que nous resterions dans la Troupe, & nous fûmes au bout de trois
semaines si bien instruits de tous
les tours de subtilité dont nous
avions été témoins, que nous fûmes très en état de les executer
aussi-bien que nos Camarades.
Outre la capacité que nous avions
acquise nouvellement, j'avois
l'avantage de distribuer mes remedes avec des éloges extraordinaires, & une volubilité de langue
si étonnante, qu'il n'y avoit personne qui n'en voulût acheter :
j'avois sur-tout un onguent que
je soutenois excellent, & j'avois
pour cela, imaginé un tour d'a-
dresse de plus singuliers que mes
Camarades executoient de maniere à me faire regarder comme

un faifeur de miracles. Ils prenoient un enfant de fix ans (*a*) &
le jettant en l'air, on en voyoit un
moment après, tomber les membres l'un après l'autre, un pied,
une jambe, un bras, &c. & enfuite la tête ; je rejoignois toutes
ces parties fur notre efpece de
Théâtre ; je les frottois avec mon
onguent, après quoi l'enfant fe
relevoit & paroiffoit tel qu'auparavant. On fent bien que ceci
n'ayant rien de réel, ne confiftoit
que dans la dexterité & la vîteffe
de l'operation, qui, impofant par
un changement d'objets, faifoit
illufion aux yeux des Spectateurs
affez éloignés, pour prendre des

(*a*) Plufieurs Charlatans dans l'Orient font
ce tour d'adreffe qu'ils ont appris des Japonois
& Chinois de leur profeffion, & il y a apparence que M. de Vizé, Auteur du Mercure
Galand, l'a emprunté des Orientaux dans fa
Comedie de la Devinereffe, l'ayant pû lire
dans le 4. Volume des Voyages de Chardin,
folio 135.

membres

membres de carton enfanglantés
pour l'enfant véritable, que nous
avions d'abord montré, & qui
reparoiffoit enfuite.

Je menai cette vie libertine pendant trois ans, avec toute la fatisfaction imaginable ; nous parcou-
rûmes prefque toutes les Villes
de l'Indouftan ; nous paffâmes à
Candahar (a), & enfuite nous
nous rendîmes à Hifpahan (b).
Comme cette Ville eft un lieu où
la débauche eft portée à l'excès,
& qu'il y a un très-grand nombre
de femmes dont le merite ne
confifte pas dans la vertu, ç'auroit
été un miracle, fi je m'en étois
tenu à celle que j'avois dans la

(a) *Candahar*, Ville Capitale d'une Province du même nom : elle a été prife & reprife
plufieurs fois par les Indiens & par les Perfes,
à qui enfin elle eft reftée.

(b) *Hifpahan*, Ville fituée dans la Province
d'Yerach en Perfe fur la Rivière de Zenderou :
elle eft une des plus grandes, des plus belles
& des plus riches Villes du monde.

Troupe. Mon Camarade & moi ayant été un jour engagés par de jeunes Seigneurs dans une partie de plaifir, on refolut d'aller voir une de ces femmes, mais dont la conduite étoit bien extraordinaire; après avoir amaffé beaucoup de bien dans fa Profeffion, elle avoit pris la réfolution de faire pénitence de fes fautes; & pour les expier, elle avoit entrepris le pelerinage de la Mecque, d'où étant de retour, elle avoit acheté fix belles Efclaves qu'elle loüoit dans Hifpahan par bail (*a*) pour une heure, pour

---

(*a*) Quoique cette maniere de vivre en Perfe, ne foit pas tenuë pour être honnête, ce n'eft pas un peché dans la Religion Mahometane, & les fcrupuleux en agiffent ainfi. Ils appellent ces fortes de mariages *Sike-Koudim*, termes qui fignifient mot à mot, *j'ai fait le Contrat de jouiffance*, c'eft-à-dire, je me fuis marié; cela les fauve à ce qu'ils croyent de l'indecence qu'il pourroit y avoir pour eux, d'avoir commerce avec de pareilles femmes.

Voyez les Voyages de Chardin, Tome 2. folio 26.

un jour, ou pour une semaine, suivant l'usage de la Perse ; & comme elle en donnoit tout le produit aux pauvres, elle croyoit, en menant elle-même une vie fort reguliere, faire un acte très-meritoire aux yeux de notre Prophete. Cette femme âgée au plus de trente-cinq ans, étoit encore fort belle ; & comme la difficulté irrite ordinairement nos pasfions, un de ces Seigneurs, au lieu de regarder favorablement ces Escla-ves qui éoient certainement plus jeunes & plus jolies que leur Maî-tresse, lui fit des propositions qui auroient ébloui une femme moins frappée d'une dévotion si singulie-re ; elle les refusa constamment ; & voyant que non-seulement ce jeune homme, mais encore deux autres, étoient dans le même goût, & faisoient peu de cas de sa resistance à leurs defirs, elle se saifit d'un poignard, & menaça

d'en frapper celui qui feroit affez
lordi pour entreprendre de lui
faire quelque violence : comme
elle avoit à faire à des gens de
qualité qui prenoient ces démonftrations de vertu pour de pures
grimaces, l'un d'eux ayant voulu
l'embraffer, elle lui porta un coup
de poignard dont il tomba mort à
fes pieds. Nous fûmes tous étrangement étonnés d'un pareil accident ; & les amis du défunt ayant
mis le fabre à la main, dans les
premiers mouvemens de leur colere, ils couperent en morceaux
cette malheureuse femme, victime d'une dévotion fi mal reglée.
Les Efclaves voyant leur Maîtreffe dans un état qui faifoit
horreur, remplirent en ce moment la maifon de gémiffemens
& de cris fi affreux, que tout le
voifinage en fut ému : L'on s'em-
para des portes de la maifon, &
le Cady avec fes Archers, y étant

survenus, nous fûmes tous arrêtés.
Cette avanture avoit trop fait de
bruit pour n'en pas faire un exemple ; mais comme tous ces jeunes
Seigneurs étoient puissans, & que
le Juge craignoit le ressentiment
de leurs familles , ils furent relâ-
chés sur le champ , & mon Camarade & moi , quoique très-inno-
cens , nous fûmes conduits dans
la prison.

XXI. SOIRE'E.

Suite de l'Histoire d'Aboul-Assam,
Aveugle de Chitor.

COmme cette malheureuse
femme qui avoit éprouvé la
brutale ferocité de ces Seigneurs,
avoit autrefois été Esclave, &
que par conséquent elle n'avoit
aucun parent à Hispahan qui de-
mandât la vengeance de sa mort,

nous aurions dû, suivant la Loi de
Perſe, être mis hors des priſons,
avec d'autant plus de raiſon, que
de l'aveu des filles de la maiſon,
nous n'avions aucune part à ce
meurtre : mais le Cady moins
pour le venger, que pour faire un
exemple, & pour contenir les
jeunes libertins qui faiſoient tous
les jours mille déſordres chez ces
ſortes de femmes, nous condam-
na par un nouveau genre de punition, à être fouttés à la porte de
la maiſon de la défunte : en vain le
Chef de notre Troupe fit toutes
les ſupplications poſſibles pour
nous ſauver de ce ſupplice ; comme il n'offrit pas apparemment
une ſomme aſſez forte à ce Juge
inique, nous ne pûmes trouver
grace devant lui, & nous fûmes
conduits ſans miſericorde au lieu
où ſe devoit faire cette execution.
Les deux femmes qui nous étoient
attachées, ayant vû que les prieres

de notre Chef étoient inutiles ,
cherchoient du moins à diminuer
la dureté de la punitition ; elles
allerent trouver le valet du Cady
qui étoit chargé de cette commiffion , & lui firent promettre,
moyennant quatre pieces d'or
qu'elles lui donnerent , d'épargner du moins notre dos ; ce fcelerat les reçut : mais auffi injufte
que fon barbare maître, il nous
traita fi cruellement , & nous
frappa avec tant d'inhumanité ,
que le fang nous couloit abondamment des épaules ; enfuite
nous les ayant frottées avec du
vinaigre & du fel, de peur de la
gangrene , fans avoir pitié de
nos larmes & de nos cris, il nous
rendit nos habits ; & par une rail-
lerie des plus fanglante, il nous
dit, en fe moquant de nous, qu'il
nous auroit bien étrillé autrement,
fans les quatre pieces d'or qu'il
avoit reçûës pour nous épargner.

C iiij

Après cette execution que
nous meritions fi peu , je crûs ne
devoir pas refter davantage dans
Hifpahan ; j'abandonnai dès le
jour même nos Charlatans ; &
mon camarade n'ayant pas voulu
me quitter , nous prîmes le parti
de fortir de la Ville , chargeant de
malediction le Cady & toute fa
fequelle , & dans la réfolution de
m'en venger : nous avions heureufement chacun plus de cinquante pieces d'or , & ayant été
changer d'habits chez les Juifs
qui nous en fournirent deux dans
le goût de ceux des Calenders ,
nous prîmes la route de Schiraz.
(a) Après avoir marché cinq ou
fix heures , nous arrivâmes à un
gros Bourg , où n'y ayant aucun
Caravanferail , nous priâmes un

_____

(a) Grande Ville, proche la Riviere de
Baudemir dans la Province de Farfy : l'on y
fait d'excellent vin.

bon Vieillard qui prenoit le frais à sa porte, de vouloir nous dire où nous pourrions aller loger. Quoique ce ne fût qu'un pauvre Menuisier, il nous offrit sa maison de fort bonne grace, & lui ayant presenté une piece d'or pour nous aller chercher à manger, il l'accepta, alla lui-même à la provision, & avant que de sortir nous fit entrer dans une Salle basse, où le premier objet qui nous frappa, fut le Valet du Cady qui nous avoit traité avec tant de rigueur. Comme nous étions parfaitement déguisés, & qu'il ne nous avoit vû qu'au moment de l'execution, il ne nous reconnut pas, & le Menuisier de retour de la provision, nous ayant dit que sans connoître cet homme non plus que nous, il n'avoit pas crû devoir lui refuser l'hospitalité; nous l'invitâmes ainsi que notre boureau à souper avec nous : Le repas

se paffa avec beaucoup de gayeté;
nous y mangeâmes un Agneau
rôti; & après avoir bû largement
de fort bon vin, nous nous cou-
châmes tous dans la même chambre. Nous étions, mon Camarade
& moi, fur le même matelas, &
nous ne nous livrâmes au fommeil
qu'après avoir médité la vengeance que nous voulions prendre
du Valet du Cady, qui coucha à
côté du maître de la maifon.

A peine étoit-il jour, que cet
homme étant allé à fon travail,
je me levai promptement; j'allai
acheter un balai, que j'apportai
fous ma robbe : je le divifai en
trois parties, & mon Camarade &
moi, munis chacun d'une bonne
poignée de verges, nous étant
dépouillés jufqu'à la ceinture,
nous reveillâmes brufquement
notre bourreau qui avoit encore
la tête lourde du vin qu'il avoit
bû la veille; nous lui déchirâmes

fa chemife, & nous commençâmes
à l'étriller de toute notre force. Ce
miferable fut dans un étonnement
extrême, quand nous nous eûmes
fait connoître à lui ; en vain il fe
jetta à nos pieds pour demander
pardon : Nous ne fûmes non plus
émûs de fes prieres & de fes cris
qu'il l'avoit été des nôtres, &
nous le mîmes en peu de tems
dans un état fi affreux, qu'il auroit
fait pitié à tout autre qu'à des gens
animés par le defir d'une vengeance outrée. J'avois déja prefque ufé deux poignées de verges
fur fon corps, le fang lui couloit
de toutes parts, & les heurlemens
que faifoit ce malheureux, étoient
fi horribles, que le Menuifier ac-
courant à ce bruit avec tous les
voifins, crut que nous nous égor-
gions : comme nous avions fermé
la porte fur nous, & que nous
criïons auffi fort que celui que
nous maltraitions, l'on enfonça la

porte ; & les Spectateurs furent
dans un étonnement extrême, de
nous voir tous trois dans un état
auffi extraordinaire. Ce n'eft rien,
Meffieurs, leur dis-je, pendant
que mon Camarade continuoit de
frapper ; ce n'eft rien, ce drôle
que vous voyez, & qui fait tant
de cris, nous a propofé de fe faire
Calender comme nous ; nous lui
avons reprefenté que le Noviciat
étoit rude, & que l'on éprouvoit
la patience des Afpirans, d'une
maniere un peu cruelle ; il n'en a
fait que rire, & pour nous prouver
qu'il étoit homme de cœur , il
nous a propofé de nous étriller les
uns les autres ; il a commencé fur
nous, il nous a mis dans l'état
que vous voyez, fans que nous
ayons prefque ouvert la bouche,
& quand fon tour eft venu d'être
fouetté, il croit par fes cris
s'exempter d'être traité comme il
a fait envers nous ; il n'y a pas de

justice, & puisque nous n'avons
pas lieu de nous flatter d'en faire
un bon Calender, il ne faut
pas du moins qu'il se vante d'en
avoir agi impunément avec nous,
avec autant de cruauté qu'il y
paroît à nos épaules. Le Valet
vouloit s'expliquer & nous dé-
mentir, mais nous ne lui en don-
nâmes pas le tems, & les assistans
ayant approuvé notre procedé, &
même ayant offert de nous aider
si nous le voulions, nous recom-
mençâmes à fouetter de nouveau
ce miserable Valet, avec tant de
fureur, que nous le laissâmes sans
connoissance ; & lui ayant repris
les quatre pieces d'or qu'on lui
avoit donné pour nous épargner,
nous partîmes de chez notre Hôte
sans nous embarrasser de ce que
deviendroit ce malheureux bourreau. Vous pouvez croire que
nous nous éloignâmes bien vîte
de ce lieu, de peur que l'on ne

découvrît la verité de notre avanture ; & ayant repris notre genre de vie de Calenders , nous fûmes plus d'un an & demi à roder dans toutes les Villes de la Perſe , vivant toujours avec une extrême licence , mais affectant un exterieur très-mortifié.

Comme je n'avois pas perdu de vûë l'envie de me venger de l'injuſte Cady d'Hiſpahan , je crus être aſſez changé de figure pour pouvoir haſarder de retourner en cette Ville. Mon Camarade plus ſage que moi , eut beau me repreſenter tous les périls auſquels j'allois m'expoſer , il ne put me détourner de ma réſolution ; & la trouvant trop dangereuſe , il me quitta , & me laiſſa ſeul en courir les riſques : Je revins donc à Hiſpahan , où j'appris que le Valet que nous avions ſi bien étrillé étoit mort des mauvais traitemens que nous lui avions fait ; j'en fus d'autant plus content, que pouvant me reconnoître s'il eût été encore en vie, je me voyois par-là délivré d'un homme dont j'avois à craindre le ressentiment. Etant donc hors d'aprehension de ce côté-là, je me rendis pendant près d'un an, si assidu à l'Audience du Cady, que tout le monde en étoit étonné; l'on étoit persuadé que c'étoit par principe d'équité que j'écoutois attentivement toutes les décisions de ce Magistrat, qui passoit pour être très-habile; & que comme dans ma Profession j'étois tous les jours à portée de donner des conseils, pour procurer la paix entre gens divisés par quelqu'interêt de famille, je voulois exactement m'instruire du droit naturel & écrit, & des Loix du Royaume. Cela paroissoit d'autant plus nouveau, que les autres Calenders n'avoient pas coutume de prendre ces precautions; aussi

cela me mit-il en telle reputation
dans Hispahan, que la plûpart des
Artisans me prenoient pour ar-
bitre dans les differends qu'ils
avoient entr'eux : Enfin l'occasion de me venger, s'étant offerte,
je ne la manquai pas. Un jour, le
Cady ayant prononcé une Sentence visiblement injuste contre
un Orphelin , qu'il dépoüilloit
d'un heritage qui lui appartenoit
legitimement , & ne l'ayant pû
faire que gagné par les Parties
adverses qui avoient eu l'indiscre-
tion de s'en vanter même avant
le Jugement rendu , je m'appro-
chai de ce Juge, comme pour lui
parler à l'oreille : Reconnois, lui
dis-je, celui que tu as fait déchirer
cruellement avec tant d'injustice
il y a près de trois ans, & reçois-en
la punition telle que tu la merites;
alors sans lui donner le tems de
me répondre, je lui enfonçai mon
poignard dans le cœur ; je le renversai

verfai de deffus fon fiege , je le foulai aux pieds ; & m'étant affis tranquillement à fa place : Ce chien, dis-je aux affiftans étonnés, vient de rendre une Sentence contre les loix & l'équité ; & loin d'être le protecteur des Veuves & des Orphelins , je m'apperçois depuis long-tems , qu'en toutes occafions il les opprime , & que ce n'eft que celui qui lui fait de plus riches prefens qui trouve de la protection auprès de lui : Je caffe fon Jugement , j'ordonne que l'Orphelin reftera en poffef-fion de fon bien , & que la Partie adverfe , pour avoir féduit fon Juge , aura tout à l'heure cent coups de bâton fur la plante des pieds.

XXII. SOIRE'E.

*Suite de l'Histoire d'Aboul-Assam,
Aveugle de Chitor.*

LE Cady étoit tellement haï
même par ses propres Esclaves, par rapport à sa dureté & à son
avarice sordide, & l'on me portoit
un tel respect dans Hispahan, que
loin que personne se mît en devoir
de venger la mort du Cady, au
contraire, tout le monde applau-
dit à ma hardiesse, & que le Jugement que je venois de rendre,
fut executé sur le champ. Ce qu'il
y eut de plus singulier, c'est qu'il
fut approuvé par le Gouverneur
d'Hispahan, qui m'ayant fait venir
en sa presence, m'offrit la place
du Cady : je le suppliai de me
dispenser d'accepter un Emploi
aussi délicat, & dans lequel on

étoit exposé à commettre beaucoup d'injuſtices, ou à ſe faire de
grands ennemis : Seigneur, lui
dis-je, celui qui a inſpection ſur
la conduite d'autrui, & qui tient
en main la balance pour le juger,
doit non-ſeulement avoir le cœur
droit, mais il doit encore être doüé
d'une capacité profonde, & veiller de près ſur ſes propres actions,
qui doivent être irreprochables.
Eſt-il ſur le ſiege de la Juſtice ? Il
doit ſe regarder comme un homme qui conduiroit ſix chevaux
fougueux avec des rênes trop dé-
licates, & que le moindre choc
peut précipiter de deſſus ſon Char.
Ce ſont ces reflexions qui m'em-
pêchent d'accepter l'honneur que
vous me propoſez : qu'un autre
plus hardi que moi en coure les
riſques. Ce refus ayant ſurpris le
Gouverneur, il ne put s'empêcher d'admirer ma modeſtie, &
m'ayant fait donner cent pieces

D ij

d'or, il me permit de me retirer.

Ce n'étoit pas par principe d'é-
quité que j'avois refusé un Emploi
aussi lucratif : outre que je craignois d'être un jour reconnu pour
avoir été fouëtté dans cette Ville,
j'apprehendois encore que les parens du Cady ne me fissent assassiner; ainsi je n'hesitai point à sortir
promptement d'Hispahan, & je
resolus d'aller voir l'ancienne (*a*)
Persepolis, & le fameux Temple

(*a*) *Persepolis*, fut la Capitale de la Perse
sous les Rois des trois premieres races : elle
porta aussi le nom d'Estekar, & on l'appelle
aujourd'hui Tchilminar, ce qui veut dire en
langue Persienne, les quarante Colonnes. Tous
les Historiens en parlent comme de la Ville la
plus ancienne & la plus magnifique de toute
l'Asie ; on s'est servi de ses ruines pour bâtir
Schiraz. La tradition fabuleuse des Persans,
porte que Tchilminar fut bâtie par les Periz,
du tems que le Monarque Gian Bengian gou-
vernoit le monde, long-tems avant le siécle
d'Adam, & d'autres que ce fut par Salomon :
Il y a des relations extrêmement curieuses de
Tchilminar, & des monumens surprenans,
dont on voit encore les restes.

Voyez à ce sujet, la Bibliotheque Orientale.

que Salomon y avoit fait bâtir.
J'avois lû dans le Livre intitulé :
Miracles des Prophetes, que ce Sultan s'abandonnant à l'idolâtrie,
par les charmes, & par les séductions de la Reine son Epouse,
fille de Faroün qui étoit de la
religion des Guebres (*a*), &
n'osant prophaner le Temple de
la Judée, par l'érection d'un mo-

folio 327. 395. 400. 455. & 1006. *Voyages
de Thevenot*, Tome 4 *folio* 501. *sur-tout ceux
de Chardin*, Tome 9. *folio* 153. *& suivans.*
(*a*) Les *Guebres*, sont les anciens Persans
adorateurs du Feu. Leur principal Temple
qu'ils appellent Pirée, est auprès de Yezd dans
une Montagne, que quelques-uns prétendent
pourtant en être éloignée de dix-huit lieües ;
c'est-là que leurs Prêtres y entretiennent, à ce
qu'ils disent, le Feu sacré, & inextinguible,
qui y brûle sans interruption depuis quatre mille
ans, y ayant été miraculeusement allumé par
leur Prophete Zoroastre, qu'ils appellent Zerdoucht. On ne sçait pas trop cependant, si le
culte qu'ils rendent au Feu est direct ou relatif,
s'ils tiennent le Feu pour Dieu ou l'Image de
la Divinité ; toute leur religion est suffisamment
expliquée dans le même Tome 9. des Voyages
de Chardin, folio 141. & suivans.

nument confacré aux Idoles ,
commanda aux démons d'aller
bâtir pour fatisfaire la Reine , un
Palais fuperbe , qui renfermât
dans fon enceinte un lieu où elle
pût exercer fa Religion , & d'y
conftruire des Sepulcres pour
elle & pour fa pofterité. Que les
démons furent neuf ans entiers à
travailler à cet Edifice qu'ils
n'acheverent pas , parce que la
Reine étant venuë à mourir., ce
Monarque leur défendit de continuer leur ouvrage , & fe contenta de faire tranfporter dans ces
Tombeaux toutes les richeffes,
dont on fçait qu'il étoit poffeffeur.

Tant de merveilles ayant excité
ma curiofité, j'arrivai à Perfepolis
avec bien de la peine ; & après
avoir examiné avec furprife les
ruines de ces bâtimens , qui certainement ne paroiffent pas avoir
été conftruits par la main des hommes, & dont la defcription feroit

trop longue à vous faire, j'entrai
dans les souterrains qui communi-
quent par des chemins très-diffici-
les dans des sépulchres qui sont
gardés, à ce que l'on prétend, par
ces Genies que Salomon employa
à leur construction ; ensuite je me
rendis à deux journées de là à cette fameuse Montagne, composée
d'une seule masse de roche escar-
pée de tous côtés. Elle a près de
demi-mille de tour ; elle est haute
à perte de vûe, & l'on y voit des
fenêtres comme si c'étoit un Château : mais l'on n'y remarque aucune entrée ; & cet ouvrage in-
comprehensible appellé *Cala a* (*a*)
dive se fid, est regardé comme le
tombeau du Geant Rustem. Les
Habitans des environs de cette
Montagne m'ayant assuré que par
tradition, cette espece de Château

_____

(*a*) C'est-à-dire , Château du Demon
blanc.

renfermoit la plus grande partie
des Tréfors de Salomon, j'en fis
plufieurs fois le tour, pour voir fi
je ne pourrois pas y découvrir
quelqu'entrée ; mes peines furent
inutiles, & je fongeois à me retirer au plus prochain Village, lorfque, furpris par la nuit, je me vis
obligé de me coucher au pied
d'un arbre pour y attendre le jour.
Le nom de cette montagne ne
laiffoit pas de m'inquieter ; j'avois
peine à m'endormir. Cependant je
commençois à vouloir fommeil-
ler, lorfque j'apperçus au pied de
la Roche une lumiere très-brillan-
te. Je me levai fans héfiter, &
quelque frayeur que je dûffe avoir
de cet évenement, je courus vers
cette lumiere, & je me raffurai en
voyant qu'elle venoit d'un flambeau que portoit un petit homme
qui alloit entrer dans un fouterrain
que je n'avois pas apperçu pendant
le jour. Il me fit figne de le fuivre,

&

& j'eus affez de fermeté pour lui obéir. Nous defcendîmes pendant quelque tems fous cette montagne, nous traverfâmes enfuite une longue allée toute de marbre noir, mais fi poli, qu'il fembloit que ce fuffent des glaces de miroir; & après avoir marché pendant près d'un quart d'heure, j'entrai dans une Salle dans laquelle je trouvai trois hommes qui paroiffoient plongés dans une extrême triftefle; ils étoient affis vis-à-vis l'un de l'autre, devant une table triangulaire fur laquelle étoit un grand livre couvert de velours noir, garni de plaques & de fermoirs d'or, fur le dos duquel étoient écrits ces mots; *Que nul ne touche ce Livre Divin, s'il n'eft purifié (a)*. Le petit homme, qui jufqu'alors

—————————————————

(*a*) Ces mots font écrits fur prefque tous les Alcorans, & il y a même des Chapitres qu'il n'eft pas permis de lire qu'après s'être lavé le corps tout entier.

avoit gardé le silence, me dit de
m'asseoir à côté de ces trois personnes que je regardois avec étonnement; & lui ayant obéi : que la
paix, leur dis-je, soit avec vous....
La paix est bannie de ces tristes
lieux, me répondit d'un air farouche le plus âgé de ces trois Particuliers. La paix n'est point dans
ces lieux, m'écriai-je avec étonnement! Qui êtes-vous donc? &
que faites-vous ici? Nous atten-
dons, reprit-il, avec une frayeur
mortelle, dans cette espece de sé-
pulcre, le juste Jugement de
Dieu. Vous êtes donc, continuai-
je, de grands pécheurs? Hélas!
me répondit le second, sans cesse
bourrelés par le souvenir de nos
mauvaises actions, voyez en quel
état nous sommes. Alors débou-
tonnant leurs vestes, j'apperçus à
travers de leur peau, qui étoit
transparente comme un cristal,
leurs cœurs environnés d'un feu

qui les brûloit fans relâche, & fans
pourtant les confumer ; & je reconnus alors d'où procedoient les
differens mouvemens de rage &
de défefpoir qui paroiffoient
peints fur leurs vifages. Je ne pus
regarder ce genre de fupplice fans
fremir d'horreur ; & mon conduc-
teur me voyant touché de pitié :
Tu vois, me dit-il, leur punition,
mais tu ne connois pas leurs crimes ; tire ce rideau , tu en feras
bientôt inftruit.

XXIII. SOIRE'E.

Suite & conclufion de l'Hiftoire d'Aboul-Affam , Aveugle de Chitor.

JE n'eus pas plutôt tiré le rideau, que j'apperçus derriere,
un grand tableau dont les figures
me paroiffoient animées , ces trois

E ij

hommes qui y étoient representés en commettant un nombre infini d'actions détestables. L'on n'y voyoit que vols , assassinats , incendies & autres crimes, dans le détail desquels il ne m'est pas permis d'entrer. Et à cet aspect, ces trois particuliers, loin de paroître touchés de repentir , montrerent sur leurs visages un caractere de joye qui me fit comprendre que ces hommes de sang seroient encore prêts à recommencer , s'ils en avoient la liberté. Je fus si indigné d'un pareil procedé, que ne pouvant retenir ma colere ; Malheureux ! m'écriai-je, dont la vie est un égoût d'ordure, de dissolution , de brigandage, & des crimes les plus affreux, au lieu de marquer de la satisfaction à cette vûe , ne devriez-vous pas mourir de honte & de douleur, de voir ainsi retracée à vos yeux l'indigne conduite que vous avez tenue , lorfque vous étiez fur la terre ?

Pourquoi nous infultes-tu, reprit celui des trois hommes qui n'avoit pas encore parlé ? jette feulement tes regards fur le revers de ce tableau : alors, en le frapant de la main, & l'ayant fait tourner comme fur un pivot, je fus dans une furprife extrême d'y reconnoître les circonftances les plus particulieres de ma vie : Ma fotte préfomption dans le tems que j'étois premier Médecin du Sultan de Chitor, la punition que j'en reçus, les differentes conditions par lefquelles j'avois paffé, toutes mes débauches y étoient naïvement exprimées. J'y vis le Valet du Cady, déchiré de coups, prêt d'expirer, enfin rendant les derniers foupirs, & le Cady lui-même percé du poignard dont je l'avois frappé, foulé aux pieds, & verfant un torrent de fang.

On ne peut être plus humi-

lié que je le fus dans ce moment ;
je restai plus d'un quart d'heure
sans oser ouvrir la bouche, &
ayant les yeux attachés sur ce tableau ; mais enfin, revenant tout
d'un coup à moi: Grand Prophete,
m'écriai-je, Toi dont le pouvoir
n'est pas borné, Toi qui comman-
des aux Astres, qui du mouvement
de ton doigt, (*a*) en fendant la lune en deux, as percé de la crainte
de Dieu les cœurs incrédules,
comme avec une épée flam-
boyante, & à qui le Ciel ne peut
rien refuser, si le repentir sincere
de mes crimes peut te toucher,

(*a*) Mahomet, pour faire croire aux Co-
raïstes Idolâtres, qu'il étoit envoyé de Dieu,
leva la main, à ce que disent ses Sectateurs, &
d'un mouvement de ses deux doigts coupa la
Lune en deux pieces, dont l'une descendit
doucement à terre, passa par dedans la manche
de cet imposteur, & ensuite s'alla rejoindre là
l'autre moitié ; ils en font une fête appellée,
Chec-el-Camar, c'est à-dire, coupure de la
Lune qui se trouve dans le Calendrier Persan.

obtiens-en pour moi le pardon que
je lui demande avec le cœur le
plus contrit. Soumis à souffrir sur
terre les peines que je mérite,
épargne-moi celles d'un avenir
terrible, & qui m'épouvante, &
fais que je trouve un jour avec tes
Houris un bonheur qui n'est réser-
vé qu'aux fideles Croyans.

Je n'eus pas plutôt proferé ces
paroles, avec une extrême abondance de larmes, que le petit
homme m'ayant frappé de son
flambeau allumé par le visage :
Fais pénitence de tes crimes pendant sept ans, & sans en murmurer, me dit-il, & espere tout de
la misericorde de Dieu. Alors il
se fit un coup de tonnerre terrible,
& qui dura si long-tems, que je
crus qu'il venoit d'arriver un
boulleversement entier dans la
Nature. J'en fus si effrayé que je
perdis totalement l'usage des sens,
& je ne revins de l'état où j'étois,

& sans sçavoir combien de tems
j'y étois demeuré, qu'aux cris que
je m'imaginai que l'on faisoit sur
les (a) Minarets pour appeller à la
priere. Grand Dieu! m'écriai-je
alors, où suis-je? & quelle obscurité regne autour de moi? L'ami,
me dit un homme qui passoit à
côté de moi, il faut que tu ayes
perdu la vûe, pour ne pas voir
que tu es à la porte de la principale Mosquée de Chitor. De Chitor! répondis-je tout étonné, j'é-
tois il n'y a qu'un instant à Persepolis. Celui qui venoit de me parler se prit à rire, & j'entendis qu'il
disoit à un autre, cet aveugle sans
doute a fait hier la débauche, il

(a) Les *Minarets* sont des Tours fort déli-
catement travaillées, faisant partie des Mos-
quées ou Temples des Musulmans : c'est ordinairement de la premiere gallerie de ces Minarets, que les Muezins qui sont des especes
de Vicaires, appellent le peuple à la priere ;
les cloches étant défenduës dans la Religion de
Mahomet.

eſt encore yvre, ou bien il a l'eſprit étrangement aliené. Que de
réflexions ne fis-je pas à ce moment! Quoi! ſeroit-il bien poſſible, me dis-je à moi-même, que
l'avanture de la Montagne du Dé-
mon blanc ſeroit véritable? Ah!
continuai-je, elle n'eſt que trop
réelle; je ſens bien que ce qui
m'eſt arrivé, n'eſt point un rêve,
& que je ſuis privé de la lumiere.
Grand Prophete, puiſque tu veux
bien me regarder en pitié, j'accepte avec réſignation ce que le
Ciel a ordonné de mon ſort.

Je ne tardai pas à être confirmé
dans cette verité. Tout ce que
j'entendis de ceux qui entroient
dans la Moſquée, me fit bien-tôt
connoître que j'étois dans Chitor;
& comme il y eut pluſieurs chari-
tables perſonnes qui me donnerent l'aumône, je compris qu'outre la perte de ma vûe, le Prophete vouloit m'humilier, & que

je ne vécuffe que de la charité des
fideles Croyans, dans une ville
où quatre ou cinq ans auparavant,
je n'avois vû au-deffus de moi que
le Sultàn & le Vifir Mamhoud. Je
n'eus garde de me faire connoître
après le peril que j'y avois évité,
& louant une petite chambre dans
les Fauxbourgs, je n'ai pas manqué un feul jour, depuis fept ans,
d'obéir à la voix de l'Envoyé de
Dieu. Je me rendois tous les
matins à la porte de la Mofquée,
& j'y ferois refté toute ma vie,
malgré les avis que j'avois plu-
fleurs fois reçu en rêve, de me
rendre à Ormuz, pour y recou-
vrer la vûë, fi Albaert favorifé
d'une pareille infpiration, n'étoit
venu me tirer du malheureux état
où j'étois, & ne m'eût fait connoître, en me rendant l'ufage de
mes yeux, que notre grand Prophete n'eft plus irrité contre moi.

Les Avantures d'Aboul-Affam

avoient infiniment rejoüi les Sultanes, & le Sultan de Guzarate
dans fon particulier n'y avoit pas
moins pris de plaifir. Ils admi-
roient tous la varieté des évenemens de la vie de cet aveugle,
& les merveilles arrivées en fa
perfonne, lorfque le Concierge
du Caravenferail étant venu avertir Schirin, qu'il étoit arrivé la
veille deux hommes d'une très-
belle phifionomie, vêtus en Marchands, & qui paroiffoient liés
d'une extrême amitié, il reçut
ordre de les faire conduire au
Palais le plûtôt qu'il lui feroit
poffible. Je n'ai pas attendu, Seigneur, que vous me l'ordonnaf-
fiez, leur dit-il, ils ont bû de la
décoction de Bueng, & prêts à
fe reveiller, je viens de les faire
placer derriere cette portiere. Le
Prince ayant raconté aux Sultanes
ce que Saady venoit de lui apprendre, elles attendirent avec

impatience que ces deux nouveaux venus donnaffent quelques
fignes de vie. Si-tôt que l'on s'en
apperçut, l'on ouvrit la portiere;
& fi les Sultanes furent furprifes
de la bonne mine de ces deux
hommes, qui fe regardoient l'un
l'autre comme pour fe demander
par quelle avanture ils fe trouvoient
dans un Palais auffi fuperbe, leur
étonnement fut fans égal, lorfqu'elles les virent fe lever avec
precipitation, & faifant un cri de
joye extraordinaire, fe jetter tous
les deux aux pieds de la Princeffe
de Perfe.

Il eft impoffible d'exprimer ce
que devint Canzadé, en recon-
noiffant dans ces nouveaux venus,
le Prince de Vifapour, & le Sultan d'Ormuz. Si la prefence du
premier lui donnoit une joye des
plus vives, celle de l'autre lui
caufa une crainte fi violente,
qu'elle tomba fans connoiffance

entre les bras de Karabag. Sa fituation intereſſa les Sultanes, &
s'empreſſant de la faire revenir
de ſon évanouiſſement, à peine
eut-elle repris l'uſage de ſes ſens,
que Cazan-Can lui adreſſant la
parole : Ne craignez plus rien,
lui dit-il, d'une paſſion, dont le
ſeul ſouvenir me couvre en ce
moment de confuſion; il ne falloit
pas moins, ma chere Sœur, qu'un
miracle pour me l'arracher du
cœur, & ce frere que vous n'avez
dû regarder juſqu'à preſent qu'a-
vec horreur, par l'amour déteſta-
ble qu'il avoit pour vous, ne merite plus aujourd'hui que votre
pitié. Pardonnez-lui donc, belle
Canzadé, les maux qu'il vous a
cauſé. Je ne rougis point d'avouer
ici mes crimes, ils ont ſervi à me
faire connoître toute la malignité
du cœur humain. Graces à notre
Prophete, je ne dois plus être à
vos yeux cet Amant terrible, qui

vous a fait trembler tant de fois; vous n'y verrez plus qu'un frere respectueux ; & pour vous bien prouver que je me suis entiere- ment défait d'un amour, dont le souvenir seul me fait horreur, je consens que le Prince de Visa- pour soit votre Epoux, s'il est possible, sans aucun délai.

Canzadé ne pouvoit s'imaginer que ce qu'elle voyoit fût bien réel. Elle avoit lieu de croire que les Perizes, dans le Palais des- quelles elle croyoit être, pou- voient, pour la flatter, produire à ses yeux des phantômes qui dis- paroîtroient bien-tôt; & ce qui venoit de se passer, lui paroissoit d'autant plus difficile à croire, qu'après les noires trahisons, & l'ingratitude si marquée de Cazan- Can, elle ne se persuadoit pas qu'il eût pû changer de sentimens à son égard. Si quelque chose pouvoit la détourner de penser ainſi, c'étoit l'union qui paroiſſoit être entre ſon amant & ſon frere; mais Cothbedin acheva de la raſſûrer contre ſes doutes, en lui baiſant la main avec le tranſport le plus tendre. Oui, adorable Canzadé, lui dit-il, vous ne devez plus regarder le Prince votre frere comme notre ennemi; non-ſeulement il conſent ſincerement à mon bonheur avec vous, mais même nous vous cherchons enſemble depuis plus de trois mois pour faire finir toutes vos peines; & nous commencions à deſeſperer de vous rencontrer, lorſque par un évenement qui nous paroît incomprehenſible, nous nous trouvons, ſans ſçavoir par quel moyen, dans un Palais dont la magnificence ſurpaſſe tout ce que nous avons jamais vû de plus grand, de plus brillant & de plus majeſtueux, & qui ſemble n'avoir été conſtruit que pour donner une

idée veritable du Paradis promis
par notre Prophete à ceux qui
auront accompli sa Loi de point
en point.

Canzadé revenuë de son premier étonnement, releva son
amant & son frere, & embrassant
tendrement le dernier : Ah! Seigneur, lui dit-elle, il est donc
bien vrai que je retrouve en vous
un frere & un protecteur, & que
vous consentez sans regret que je
sois au Prince de Visapour? Oui,
ma chere Canzadé, reprit Cazan-
Can, en mettant la main de sa
sœur dans celle de Cothbedin,
non-seulement j'y consens, & je
vous donne à l'homme le plus
brave & le plus genereux qu'il y
ait sur la terre, mais je puis vous
assûrer que je verrai cette union
avec une joye extrême.

Cothrob, qui jusqu'alors, avoit
gardé le silence, prit en ce moment la parole : Sultan d'Ormuz,
lui

lui dit-il, tu dois louer le Ciel,
de t'avoir arraché du cœur une
paſſion qui t'auroit deshonnoré
pendant toute ta vie, & que toutes les peines de l'Enfer n'auroient
pû expier après ta mort, ſi tu avois
executé tes malheureuſes intentions ; le bandeau qui te couvroit
les yeux, eſt heureuſement tombé;
notre grand Prophete a bien fait
voir en toi la miſericorde infinie
du Tout-puiſſant ; il t'aime, il t'a
donné des marques ſenſibles de ſa
protection, & tu m'entends aſſez
pour que je n'aye pas beſoin de
m'expliquer plus clairement ;
acheve donc ce que tu as commencé, & pour ne laiſſer à la
Princeſſe aucune inquiétude dans
l'ame, permets que dans ce moment, je l'uniſſe avec le Prince
de Viſapour.

Depuis que le Sultan d'Ormuz
avoit jetté les yeux ſur Canzadé,
il n'en avoit été diverti par aucun

objet, mais ayant regardé fixement l'Iman, il courut se proster-
ner à ses pieds : illustre vieillard,
lui dit-il, qui que vous soyez, homme ou génie, car je ne sçais dans
quel ordre je vous dois mettre ;
quelle obligation ne vous ai-je
pas ? Puisque c'est vous seul qui
m'avez guéri d'un amour inces-
tueux, qui m'aveugloit & me pré-
cipitoit dans un abîme de crimes,
consommez donc votre ouvrage,
& si ces Dames veulent bien le
permettre, ne differez plus un
bonheur que je n'ai troublé que
trop long-tems. Je réponds de leur
consentement, reprit Cothrob ;
elles ont trop de satisfaction de
voir les malheurs de Canzadé finis,
pour ne pas prendre toute la part
possible à un évenement qui lui est
si favorable, & dont elle croyoit
avoir si peu de lieu de se flatter :
alors s'approchant de Cothbedin
& de la Princesse, il les maria dans

le moment même. Tout ceci s'é-
toit paſſé avec tant de précipitation, que le Sultan & le Prince
de Viſapour n'avoient preſque
pas eu le tems de faire reflexion
ſur leur tranſport dans ce Palais.
Quand les premiers momens furent paſſés, ils demanderent à
Canzadé où ils étoient, & cette
Princeſſe leur en ayant rendu
compte, conformément aux idées
qu'elle s'en étoit formée ; comme
ils avoient lû dans les anciens Ro-
mans pluſieurs avantures à peu
près pareilles, ils crurent, poſſible,
que les mêmes Puiſſances qui
avoient conduit la Princeſſe en
ces lieux, les y eût également
tranſportés pour y terminer leurs
peines ; & le Sultan d'Ormuz étoit
d'autant plus porté à y ajouter
foi, que ce qu'il venoit de dire à
l'Iman, marquoit que ce n'étoit
pas la premiere fois qu'il avoit vû
ce grand homme.

F ij

Les Sultanes qui avoient été jusqu'à ce moment spectatrices de ce qui venoit de se passer, avoient une extrême curiosité de sçavoir comment le Prince de Visapour avoit rencontré le Sultan d'Ormuz, & par quelle avanture ce Monarque avoit pû vaincre son aversion pour Cothbedin, & son amour pour Canzadé. Gehernaz leur ayant témoigné l'extrême plaisir que leur feroit ce récit, le Sultan raconta ainsi ses avantures.

HISTOIRE
De Cazan-Can Sultan d'Ormuz.

IL est inutile, Mesdames, que je vous instruise des premieres avantures de ma vie ; elles ne vous font pas inconnuës, puisque la Princesse vous les aura sans doute racontées ; pour celles qui me

font arrivées depuis que le Prince
Cothbedin fut séparé de Canzadé,
vous ne les devez pas non plus
ignorer si vous êtes du nombre de
ces génies bienfaisans, comme
j'ai lieu de le croire : mais qui que
vous puissiez être, je ne vous re-
fuserai pas un récit qui doit me
justifier de la passion extraordinaire que j'avois conçûe pour ma
sœur, & de mon extrême ingratitude envers le Prince de Visapour.

Depuis la désobéïssance du
Sultan Adam, nous naissons tous
avec des penchans plus ou moins
forts, pour nous écarter de nos
devoirs. La bonne éducation cor-
rige quelquefois ces dispositions
que nous avons à mal faire, mais
souvent aussi elles font plus fortes
que nous-mêmes ; & les châti-
mens que l'on nous inflige dans
l'enfance, ne font pas toujours
des moyens capables de nous
faire revenir de nos mauvaises

inclinations : je l'ai éprouvé dans ma perfonne. Né d'un pere des plus fages & des plus vertueux, il étoit écrit fur la Table (*a*) de Lumiere que je ferois un monftre en execration à toute la terre , puifque la paffion inceftueufe que j'avois conçue pour ma fœur , avoit étouffé dans mon cœur tous les fentimens de religion , d'honneur & d'humanité : Permettez , Mefdames , que je ne vous rappelle pas ce tems d'aveuglement où j'étois , & que je paffe promptement à celui auquel j'ai recouvré l'ufage de ma raifon.

—————————————

(*a*) Les Perfans ajoutent beaucoup de foi à la predeftination , & font perfuadés que tout ce qui doit arriver eft écrit au Ciel dans un grand Livre , qu'ils appellent la Table de Lumiere,

XXIV. SOIRÉE.

Suite de l'Histoire de Cazan-Can,
Sultan d'Ormuz.

FUrieux de voir que j'avois
encore obligation de la liberté à Cothbedin, qui venoit de
me remettre fur le Trône en tuant
de fa main le Sultan de Balfora
mon plus cruel ennemi ; que malgré l'extrême ingratitude, dont
je lui avois donné les marques les
plus fenfibles, ce Heros n'avoit
pas cru devoir m'abandonner à
ma mauvaife fortune, & accepter les propofitions avantageufes
qu'Abdarmon lui avoit faites, je
frémis de rage de me trouver dans
la neceffité de lui en témoigner de
la reconnoiffance ; & la jaloufie
affreufe qui me poffedoit m'ayant
gravé au fond du cœur les fenti-

mens les plus noirs, je réfolus de
faire périr ce Prince fous l'ombre
de l'amitié la plus fincere : je lui
promis Canzadé en mariage, je
la remis même, pour ainfi dire,
entre fes mains, pour la conduire
à Vifapour, avec ferment de ne
l'époufer que quand il feroit arrivé
dans les Etats du Roi fon pere ;
mais je n'épargnai rien pour empêcher l'accompliffement de ces
promeffes ; j'ordonnai fous peine
de la vie au Capitaine du Vaiffeau
qu'il montoit, de précipiter Cothbedin dans la mer, dans un endroit
que je lui marquai, & enfuite de
me ramener la Princeffe, perfuadé
qu'après la mort de fon amant, je
trouverois fon efprit plus difpofé
à m'obéir. Quand je vis à peu près
le tems que cette cruelle execution pouvoit être faite, & que
celui auquel Canzadé devoit être
de retour étoit paffé, je fus dans
une extrême inquiétude de n'en
avoir

avoir point de nouvelles ; & comme la paſſion que je reſſentois pour cette Princeſſe ne me donnoit aucun repos, je fis armer quatre Vaiſſeaux, & je réſolus de parcourir toutes les Mers par où elle devoit avoir paſſé, pour apprendre ce qu'elle étoit devenue. Après être entré dans differens ports, ſans avoir pû être inſtruit de ce que je ſouhaitois ſçavoir, j'avois ordonné que l'on prît la route de Dabul, & mon deſſein étoit d'envoyer de-là à Viſapour ſçavoir ſi le Prince n'y étoit point arrivé malgré mes ordres, lorſque le vent changea tellement, que nous fûmes rejettés en pleine mer. La tempête devint alors ſi violente, que nous fûmes huit jours entre la vie & la mort ; du moins, mon Vaiſſeau qui étoit le meilleur ; car pour les trois autres, il y a apparence qu'ils périrent dans les flots. Le gros tems ceſſa enfin, &

nous commençions à nous reconnoître, lorſque le Pilote tout
effrayé me fit appeller : Seigneur,
me dit-il, nous ſommes dans la
Mer d'Oman (*a*) & quelque effort
que je faſſe, le Vaiſſeau dérive
avec une extrême vîteſſe vers l'Iſle
Ramak, qui n'eſt habitée que par
des Sauvages d'une cruauté extraordinaire. Ils dévorent ſans
miſericorde leurs ennemis, ou

(*a*) *Ramak*, eſt le nom d'une Iſle de la Mer
d'Oman ; c'eſt à-dire, de l Ocean Ethiopique
ou Oriental, dont les Habitans ſont nommés
par les Perſans, *Sermaki*, qui ſignifie *tête de
Poiſſon*, à cauſe qu'ils ont, ſelon quelques uns,
la tête ſemblable à celle des Poiſſons ; mais ſelon
les autres, parce qu'ils n'ont point d'autre
nouriture ordinaire que celle qu'ils tirent des
Poiſſons ; ce ſont apparemment ceux que les
anciens ont appellé Ichthyophages, peuples
extrèmement farouches, & qui n'ont aucun
commerce avec les autres hommes, qu'ils
prennent auſſi pour des Poiſſons, puiſqu'ils les
mangent, quand ils tombent entre leurs mains.
Le Roman intitulé *Conſchenh-Nameh*, parle
de cette Iſle, & rapporte les exploits fabuleux
que Khoſrouſchir y fit.
Bibliotheque Orientale, folio 708.

ceux que le naufrage pousse vers
leurs Isles; le courant nous y porte,
& nous n'avons aucune esperance
d'en réchapper : il est vrai qu'ils
épargnent quelquefois ceux qui
sçavent un métier qu'ils puissent
apprendre d'eux ; comme ils sont
fort industrieux, ils ne les font
pas mourir. Souvent même après
quelques années d'esclavage ils
leur donnent la liberté, j'en puis
parler avec certitude, puisque j'ai
eû le malheur de tomber déja une
fois entre leurs mains, & que ce
n'est qu'en qualité de Charpentier
de Vaisseaux, ausquels j'avois tra-
vaillé étant jeune, & dont je leur
ai enseigné la construction, que
j'ai évité une mort que tous mes
Camarades essuyerent. A peine
le Pilote avoit achevé de me faire
ce récit, que nous fûmes entou-
rés de plus de soixante barques de
Sauvages, qui furent dans notre
Vaisseau, avant que nous nous

fussions mis en défense : nous
étions si accablés de la fatigue
que nous avoit causé la tempête,
qu'aucun de nous n'étoit en état
de soutenir seulement ses armes ;
en un instant ces Insulaires s'em-
parerent de nous, nous lierent
avec des cordes, & amenerent
notre Vaisseau dans une espece de
Port, d'où nous fûmes conduits à
terre, & logés sous une grande
cabane faite de planches.

Les principaux Chefs des Insulaires au nombre de huit, étoient
distingués des autres par des bon-
nets ornés de plumes ; de près de
cent hommes que nous étions,
on en fit trois parts ; ils en tuerent
un tiers, & les autres furent distri-
bués entre le reste des Sauvages ;
j'échus heureusement avec mon
Pilote à l'un des Chefs, & comme
il avoit provision de viande bou-
canée, nous eûmes le bonheur
de n'être pas d'abord traités avec

autant d'inhumanité que nos Camarades, dont six furent égorgés,
rôtis & dévorés à nos yeux.

Ce ne fut pas sans frémir que je
fus témoins d'une pareille expedi-
tion ; comme le Pilote qui avoit
été deux ans Esclave dans cette
Isle, avoit eu le tems d'en apprer-
dre la langue, je voulus l'engager
à proposer à notre maître de nous
mettre à rançon : Il se prit à rire :
eh ! quelle rançon Votre Majesté
pourroit-elle offrir à ce Sauvage,
me dit-il ? L'or, les diamans &
toutes les richesses de la Perse ne
sont pas capables de toucher ces
cœurs (*a*) barbares ; la chasse &

_____

(*a*) L'Isle dans laquelle arrive le Sultan
d'Ormuz, ressemble tout-à-fait à celles qui
sont habitées aujourdhui par les Sauvages de
l'Amerique, du Bresil, du pays des Amazones,
& du Canada, lesquelles suivant les conjectures
du Pere Lafiteau Jesuite, *dans ses mœurs des
Sauvages Americains, comparés aux mœurs
des premiers tems,* tirent leur origine des differentes nations qui y ont penetré après le

là pêche font leur feule occupation & leur feul plaifir ; de toutes.

Deluge. *Les Hiftoires anciennes*, dit-il, *Tome premier*, *folio 38*, *de l'Edition in-12.* font mention d'une grande quantité de peuples, qui ont occupé les trois parties du monde connu, & comme on n'en voyoit plus aucune trace, on croyoit avoir lieu de juger qu'ils avoient été entierement détruits ; la découverte des Indes Orientales & Occidentales, nous a fait retrouver la plus grande partie de ces nations que l'on croyoit anéanties ; enfuite au folio 45. il rapporte quelques traits caractériftiques de ces peuples, nouvellement découverts, qui peuvent faire hazarder des conjectures fur la probabilité qu'il y a, qu'ils fortent de ces peuples anciens, dont les Hiftoires nous ont confervé quelque idée : telle eft par exemple la coutume qu'a-voient les maris chez certains peuples de fe mettre au lit quand leurs femmes étoient ac-couchées, & de s'y faire fervir par leurs femmes mêmes : cela fe trouve chez les Iberiens, ou les premiers peuples d'Efpagne, chez les anciens Habitans de l'Ifle de Corfe, chez les Tibare-niens en Afie, & même encore aujourd'hui ; dans quelques-unes de nos Provinces voifines d'Efpagne, ou cela s'appelle, *faire couvade.* Cette même coutume eft vers le Japon, dans l'Amerique, chez les Caraïbes & les Galibis ; & ne peut-on pas prefumer, continue le Pere Lafiteau, *d'un ufage qui paroit fi fingulier, que de ces premiers peuples, elle a paffé à ces der-*

les paffions, ils ne connoiffent
que l'amitié & la haine ; fideles à
toutes épreuves entr'eux & à
leurs alliés ; reçoivent-ils quelqu'outrage de leurs ennemis, ils
rifquent tout pour en prendre la
vengeance la plus cruelle, & n'ont
point de plus grande fatisfaction
que celle de les furprendre, de les
affommer & de les manger. Cette
réponfe m'affligea fort, & je ne
régardois pas fans frayeur le genre
de mort auquel j'étois deftiné,
lorfque mon Pilote me parla en
ces termes : Je ne fçais, Seigneur,
qu'un feul moyen de vous fauver
la vie ; vous avez vû hier la fille
de notre maître, elle n'a pas plus

---

niers ; d'autant mieux que Strabon & la plûpart
des Auteurs nous tracent le chemin que les
Iberiens, qui étoient venus d'Afie en Efpagne,
ont tenu pour retourner d'Efpagne en Afie, où
le même nom d'Iberie eft refté au pays qu'ils
occuperent, & le Pere Lafiteau infinuë que dè-là
ils ont pû fe tranfporter en Amerique.

de quinze ans, je l'engagerai à
jetter les yeux fur vous ; fi vous
êtes affez heureux pour lui plaire,
& qu'elle veuille dire deux mots
en votre faveur à fon pere, il vous
adoptera dans fa famille , vous
deviendrez fon gendre , mais il
faudra vous refoudre à vivre fuivant les mœurs de cette Ifle , &
ne plus penfer à retourner en
Perfe , fi vous ne voulez mourir
dans les tourmens les plus horribles : je fçais que cela coutera à
Votre Majefté, mais que ne fait-on
pas pour éviter la mort, lorfqu'elle
fe prefente à nos yeux fous un
afpect auffi affreux ?

La propofition de Vagieddin
(c'étoit le nom du Pilote) m'é-
tonna fi fort que je ne pûs lui
répondre; il prit mon filence pour
un confentement tacite , & me
quitta brufquement. J'étois fi affligé des difcours de cet homme,
que je ne m'apperçus pas qu'il

n'étoit déja plus auprès de moi,
& quand je reconnus que j'étois
feul, je m'abandonnai à la douleur la plus amere. Quoi ! me
dis-je alors, moi qui ai méprifé les
plus rares beautés de l'Orient, je
ferois réduit pour fauver ma vie,
à faire ma cour à la fille d'un Sauvage, à une créature qui n'a
prefque rien qui la diftingue de la
brute que la parole & la figure ;
encore quelle figure ! En vit-on
jamais de plus effroyable & de
plus fale ? Jufte Ciel ! à quoi me
condamnez-vous ? Ah ! mourons,
il n'y a plus à balancer, & n'at-
tendons pas que nous devenions,
ou la victime cruelle de notre
nouveau maître, ou l'objet des
horribles defirs de fa fille. Mais,
repris-je, ne dois-je pas regarder
ma fituation comme une jufte
punition du Ciel que j'implore.
Défobéiffant aux dernieres volontés de mon pere, à qui j'avois

promis d'abandonner le deffein
d'époufer ma fœur, perfecuteur
fans relâche de cette vertueufe
Princeffe, ingrat de la maniere la
plus marquée envers un Prince à
qui je dois la vie, la liberté & le
Trône que je poffedois, ne meri-
tai-je pas d'être puni encore plus
feverement que je ne le fuis?
N'eft-ce pas cet amour inceftueux
qui m'a conduit vers cet affreux
rivage? Oui, fans doute, & notre
Prophete ne m'y a fait aborder
que pour me faire expier un crime, dont je n'ai pas la force de
me repentir.

Je n'avois pas fini ces triftes
réflexions, que Vagieddin revint
à moi : Bonnes nouvelles, Seigneur, me dit-il, vous n'avez
point été indifferent à notre jeune
Maîtreffe; par la converfation que
je viens d'avoir avec elle, il y a
lieu de croire qu'elle s'intereffe à
votre vie, & pour peu qu'elle

veuille le témoigner à son pere, vous éviterez le fort de nos Ca-marades. Ah! mon ami, m'écriai-je en ce moment, à quel excès de misere suis-je réduit? Quoi le Sul-tan d'Ormuz se verroit obligé d'é-pouser un monstre? Non, j'aime mieux cent fois mourir. Le Pilote fut surpris de ma réponse. Sei-gneur, reprit-il, quand Votre Ma-jesté s'afflige ainsi, elle ignore sans doute de quelle maniere se font les mariages dans cette Isle, & toutes les cérémonies qu'on y apporte; lorsque je les lui aurai expliqué, elle connoîtra qu'elle n'a point de meilleur expedient pour se procurer la liberté. Ce que vous craignez tant, c'est-à-dire, d'épouser Agariata, (car c'est ainsi que s'appelle la fille unique de Michapous notre Maître,) n'arrivera pas si-tôt. Il y a dans ces lieux bien des usages bizarres; avant que d'en venir à la conclu-

fion, & ils nous donneront peut-
être le tems, ou nous fourniront
l'occafion de fortir de cette Ifle.
Le difcours de Vagieddin me
tranquillifa un peu ; je commençai
à refpirer, quand il m'eut appris
que les Mariages ne fe faifoient
pas dans cette Ifle avec auffi peu
de précautions & de cérémonies
qu'en Perfe, & que j'avois du
tems devant moi. Suivant donc le
confeil de cet homme, qui pré-
vint Michapous fur l'inclination
que fa fille avoit pour moi, j'allai
le lendemain à l'entrée de la nuit
dans la Cabanne d'Agariata : je la
tirai trois fois par le nez pour l'é-
veiller ; comme c'eft une cérémonie effentielle, je n'eus garde d'y
manquer. Cette belle fille ne me
dit aucune parole, elle fe contenta
de me regarder d'un air riant à la
lueur d'une petite lampe que je
tenois à la main, & le tout s'étant
paffé avec beaucoup de circonf-

pection, & encore plus de bienséance, je me retirai très-content
de la modeftie de ma jeune maîtreffe, & je fus obligé pendant
plus de deux mois de renouveller
toutes les nuits pareille ceremo-
nie. Comme pendant le cours de
ces galanteries nocturnes, je vis
que l'on s'apprêtoit à affommer
deux de mes Sujets pour être
mangés dans la famille de Michapous, je pris la réfolution d'en
parler à fa fille. Belle Agariata,
lui fis-je dire par mon Pilote, tous
ces gens qui ont été faits efclaves
avec moi, font mes enfans & les
vôtres : je fuis leur Roy dans mon
Pays, qu'ont-ils fait à votre pere,
pour les traiter avec tant de barbarie? Si vous avez quelque bonté
pour moi, faites-leur accorder la
vie, c'est le feul moyen de conferver la mienne.

Comme j'étois prefent au difcours de Vagieddin qui ne faifoit

dans la langue du pays, que repe-
ter ce que je difois en Perfan, je
ne pouvois m'empêcher de vérfer
des larmes ; elles attendrirent
Agariata, qui promit de s'inte-
reffer au fort de ces malheureux,
& depuis ce jour, Michapous
n'en fit mourir aucun, & même
engagea les autres Infulaires à ufer
avec mes Sujets de la même
humanité.

Dans quelque fituation déplorable que je fûffe , & quelque
reflexion que j'eûffe faite fur ma
malheureufe paffion, je ne pouvois oublier Canzadé , & ma fureur redoubloit pour le Prince fon
amant, quand je confiderois que
fans lui , ma fœur auroit peut-être
accepté ma main, & que lui feul
étoit caufe qu'ayant quitté Ormuz , j'avois fait naufrage dans
cette Ifle.

Une nuit que fatigué de l'exercice de la Chaffe , & après avoir

été rendre mes devoirs très-refpectueux à Agariata, je dormois profondément fur une peau d'Ours, tous mes malheurs fe retracerent dans mon efprit avec d'autant plus de violence, que je m'imaginois voir que ma fœur tenoit Cothbedin par la main, qu'elle le regardoit avec la derniere tendreffe, & qu'elle lui juroit un amour éternel. Dans l'agitation où j'étois, je tirai mon fabre, & j'allois facrifier l'un & l'autre à mon reffentiment, lorfqu'un homme qui reffemble parfaitement au venerable Vieillard qui vient d'unir Cothbedin avec Canzadé, me retint le bras.

XXV. SOIRE'E.

Suite de l'Histoire de Cazan-Can, Sultan d'Ormuz.

ARrête me dit cet homme, avec un air d'autorité que je respectai ; le Prince à qui tu veux ôter le jour, ne doit pas perir par tes coups. De quelque ingratitude dont tu te sois souillé à son égard, je l'ai informé de l'état affreux où tu te trouves ; lui seul peut t'en tirer, & il veut bien encore hazarder sa vie pour un perfide qui a tenté de la lui arracher de la maniere du monde la plus indigne. C'est en lui un excès de generosité sans exemple, & je veux malgré toi-même l'en recompenser, en t'arrachant du cœur cette semence (a) noire, qui est le principe

_____
(a) Cette semence s'appelle *Hebbat-al calb.*

de

de toutes les fautes que les hommes commettent, & qu'ils tiennent originairement du Sultan Adam depuis fa défobéiffance. Alors ce Vieillard venerable s'approchant de moi, me frappa au côté gauche d'un couteau tranchant des deux côtés, me l'ouvrit, en tira une petite graine noire, groffe comme une grofeille, & la jetta dans le feu qui étoit dans ma cabanne. Je reffentis dans cette operation qui ne dura qu'un inftant, une douleur fi violente, que je fis un cri des plus perçans; à ce bruit, Vagieddin.

---

c'eft-à-dire, la graine du cœur; & fignifie l'amour propre, & la concupifcence qui nous porte au peché; c'eft auffi le peché d'origine. que les Mahometans reconnoiffent être venu d'Adam, & qu'ils difent être le principe de toutes nos fautes. Mahomet fe vantoit d'en avoir été délivré par l'Ange Gabriël qui lui arracha du cœur cette femence noire, & que par ce moyen il étoit devenu impeccable.
Bibliotheque Orientale, folio 440.

se reveilla, il alluma la lampe, accourut à mon secours, & me trouvant dans une extrême agitation, il jugea à propos de m'éveiller. Qu'avez-vous donc, Seigneur, me dit-il ? Quel rêve affreux vous tourmente ? Ah ! ce n'est point un rêve, lui dis-je, je suis mortellement blessé ; comme j'avois la main appuyée sur mon cœur, il approcha sa lumiere, & fut ainsi que moi dans la derniere surprise d'y trouver une cicatrice longue comme le doigt, & qui paroissoit encore presque sanglante ; mais ce qui mit le comble à mon étonnement, c'est qu'après que l'extrême douleur que j'avois ressentie fût passée, l'horrible passion que j'avois eu jusqu'alors pour Canzadé, s'éteignit dans mon cœur, qu'elle y fit place à la tendresse la plus pure, que couvert de confusion pour l'indigne conduite que j'avois tenue

envers le Prince de Vifapour , je
fentis naître pour lui dans mon
ame toute l'eftime & la reconnoiffance qu'il meritoit , & que
j'eus un déplaifir extrême de ne
pouvoir fur le champ lui en donner des marques, en lui accordant
pour époufe la Princeffe ma Sœur.

Je rêvois fans ceffe à un évenement auffi fingulier ; & comptant
fur les promeffes de ce fage Vieillard , je vivois dans l'efperance
de voir bien-tôt la fin de mon
efclavage , lorfqu'une nuit , ce
même homme m'apparut encore ,
& me prefentant un portrait d'une
jeune fille d'une beauté achevée :
Voilà, me dit-il , la perfonne qui
t'eft deftinée pour époufe. C'eft
elle qui doit te faire perdre entierement l'idée de Canzadé , à qui
elle n'eft pas inferieure en merite.
Je ne regardai point ce portrait
fans admiration , & effectivement
depuis ce jour , je ne pus penfer

sans horreur à la passion que j'avois
conçuë pour la Princesse ma Sœur.
J'étois dans cette situation, lorsque les deux mois du cérémonial
qui devoit préceder mon mariage
étant expirés, Vagieddin m'aver-
tit que je devois m'expliquer
avec Michapous.

Suivant son conseil, nous allâmes la nuit à sa cabanne; je l'é-
veillai, je lui présentai une pipe
allumée qu'il prit, & mon Pilote
l'ayant prié de ma part de m'adop-
ter dans sa famille, & de me donner la belle Agariata en mariage,
il lui fit réponse qu'il communi-
queroit cette affaire à ses parens,
& nous fit signe de nous retirer.

Je ne pouvois déguiser mon
chagrin au Pilote, quoiqu'il m'eût
fait entendre que de ne pas faire
cette démarche, c'étoit attirer sur
ma tête, & sur celle de mes Sujets, toute la colere de notre maître, je me livrois à la plus amere

douleur. Il faut donc, lui dis-je
enfin, que j'époufe Agariata. Malheureux que je fuis! que ne me
laiffois-tu perir dès le commencement de notre efclavage, la mort
me feroit plus douce qu'une union
pour laquelle je n'ai que de l'horreur. Eh! Seigneur, reprit Vagieddin, je fuppofe que vous foyez
marié bien-tôt avec cette fille,
avez-vous oublié que vous n'ê-
tes point obligé pour cela de vivre
avec elle, comme un mari avec fa
femme? Ceffez de vous allarmer;
& rappellez-vous, Seigneur, ce
que je vous ai dit plus d'une fois,
que l'on penfe ici très-differem-
ment de ce que l'on fait en Perfe.
Il eft difficile de croire jufqu'à
quel excès l'on pouffe la continence dans cette Ifle. Quoique
fuivant les Loix du Pays un homme marié puiffe ufer de fes droits
quatre jours après la cérémonie,
il eft d'ufage de n'approcher de

ſon épouſe qu'après plus de ſix
mois; on y eſt perſuadé que cette
moderation eſt le témoignage le
plus autentique de l'eſtime que
l'on a pour elle ; & lors même
que ce tems eſt expiré, & que
les nouveaux mariés demeurent
dans la même cabanne, ils ne ſe
parlent preſque point, ou s'ils le
font, ce n'eſt qu'en grondant, &
d'un air bruſque ; ils croyent que
la pudeur exige cette bienſéance,
& que ce n'eſt que vers la fin de
l'année qu'ils doivent ſe donner
des témoignages reciproques de
leur tendreſſe.

Les nouvelles aſſurances que
Vagieddin me donna ſur la conduite des Inſulaires me tranquil-
liſa un peu ; & la famille de Michapous m'ayant fait l'honneur de
m'agréer, il fallut de bonne grace
épouſer Agariata. Je paſſe par-
deſſus l'agréable détail de cette
cérémonie, qui ne feroit que vous

ennuyer ; ce qu'il y eut de plus singulier, c'eſt que la mariée avoit les cheveux graiſſés avec de l'huile d'Ours , & que l'on m'avoit barboüillé le viſage & le corps de manière que je devois être d'une figure affreuſe.

Tout ce que m'avoit dit le Pilote étoit vrai ; mon peu d'empreſſement pour ma nouvelle épouſe fut trouvé admirable. L'on regarda ma continence comme une marque d'un vrai reſpect pour la famille dans laquelle j'entrois ; loin de m'en ſçavoir mauvais gré ; cela me mit parmi les Sauvages dans une grande conſideration , & tous mes Sujets à mon exemple furent adoptés dans differentes familles.

Il n'y avoit guéres que quinze jours que j'étois marié , lorſqu'un des chefs de la Nation ayant invité les Principaux à un feſtin , je m'y trouvai avec Michapous. Là il nous déclara qu'il avoit euavis

qu'une autre Nation sauvage de
leurs ennemis étoit en marche
pour les venir attaquer, & qu'il
falloit aller au-devant d'eux, &
tâcher de les surprendre. Ces
peuples, ainsi que Vagieddin me
l'avoit assuré, aimoient passionné-
ment la guerre, & n'ayant point
d'autre passion que celle de porter
le fer & le feu chez ceux qui les
avoient offensés, l'on peut juger
que la proposition de l'Insulaire
fut acceptée avec une joye extrême. L'on résolut de partir dès le
lendemain ; & comme Michapous m'avoit conduit dans cette
Assemblée avec Vagieddin qui
m'y servoit d'interprete, je lui fis
demander la permission de les
accompagner dans cette expedi-
tion, & de permettre que tous
mes Sujets, qui étoient alors au
nombre de trente, combatissent
sous mes ordres. Ils accepterent
volontiers ma demande; l'on nous
rendit

rendit les armes que l'on nous
avoit ôté au moment de notre
esclavage : je les engageai aussi à
se servir des sabres des Persans
qui avoient péri dans leur Isle, &
après avoir pris congé d'Agariata,
nous partîmes environ cinq cens
avec beaucoup de gayeté.

Après avoir marché pendant six
jours, nos Coureurs nous ayant
appris qu'ils avoient entendu
pendant la nuit precedente un
mouvement très - considerable
dans un petit bois, & qu'aux environs ils avoient vû du feu d'espace en espace, cette découverte
nous arrêta tout court. L'on tint
conseil ; & comme il y avoit un
chemin creux entre les ennemis
& nous, je fis proposer par Vagieddin de les laisser s'engager
dans cet espece de défilé, par où
probablement ils devoient passer ;
de nous séparer en deux parties
égales, de nous coucher sur la

hauteur, le ventre contre terre, & enfuite de fondre fur eux de toutes parts. Mon avis fut fuivi, & execute avec tant de fuccès, que de plus de huit cens qui venoient pour nous attaquer, il n'en réchappa pas cinquante. Il eft vrai qu'étonnés de voir l'effet de nos fabres, & du carnage que nous faifions en fi peu de tems, ils perdirent cœur dans le moment, & nous eûmes bon marché de gens intimidés, furpris & confternés de fe voir attaquer de tous côtés, fans efpoir d'échapper à la fureur de leurs ennemis.

Comme mes Sujets, à la tête defquels j'avois combattu, avoient tous fait des prodiges de valeur, & que nos Infulaires les regardoient comme les premiers auteurs de la victoire complette que nous venions de remporter, nous en fûmes extrêmement careffés, & même regardés avec refpect.

Après avoir célebré ce jour heureux par des chants & par des
danſes, & nous être chargés des
dépouilles de nos ennemis, nous
reprîmes la route de notre habitation, & étant arrivés proche un
petit bois, nous réſolûmes d'y
paſſer la nuit ; & comme nous
étions dans une ſecurité parfaite,
nous nous livrâmes à un ſommeil
tranquile. Je dormois paiſible-
ment, & mon Pilote étoit à côté
de moi, lorſque nous nous ſentû-
mes l'un & l'autre ſaiſir bruſque-
ment par les pieds & par les
mains ; l'on nous baillonna, l'on
nous enleva ſans qu'aucun de
ceux qui étoient à côté de nous
pût nous entendre, & l'on nous
emporta avec une vîteſſe incomprehenſible. Je ne ſçavois que
penſer d'un tel évenement, lorſqu'à la pointe du jour, je me vis
entre les mains de nos ennemis,
& je connus que douze des leurs

avoient entrepris & executé un coup auſſi hardi & auſſi temeraire.

XXVI. SOIRE'E.

Suite de l'Hiſtoire de Cazan-Can, Sultan d'Ormuz.

L'On peut juger de notre douleur & de la joye que témoignerent ces Sauvages, en nous voyant entre leurs mains ; ils nous débaillonnerent, nous lierent avec de groſſes cordes, & nous portant à cinq ou ſix, ils s'éloignerent preſqu'en courant de ce lieu, & marcherent du même pas pendant quatre jours, au bout deſquels approchant de leur habitation, ils envoyerent annoncer leur retour infortuné par un des leurs, & attendirent que tous leurs freres vinſſent au-devant d'eux. Il n'eſt pas difficile de concevoir dans

quel état nous étions Vagieddin
& moi ; mais ma frayeur redoubla
lorſque je vis arriver tous les autres
Sauvages avec des hurlemens horribles, & que les femmes & les
enfans tenoient des cailloux prêts
à lancer contre nous. Ils avoient
déja le bras levé, lorſque le plus
ancien de ceux qui nous condui-
ſoient, leur fit ſigne de la main de
ſe contenir. Regardez bien ces
deux hommes, leur dit-il, ils ne
nous reſſemblent preſqu'en rien ;
cependant leur bravoure eſt au-
deſſus de toute expreſſion ; avec
un petit nombre de gens faits
comme eux, ils ont ſeuls fait pancher la Victoire de leur côté ; ils
ont maſſacré vos peres, vos maris,
vos freres, vos enfans, & nous ne
ſerions jamais venus à bout de les
enlever, ſi nous n'avions uſé de
ſurpriſe ; voilà donc les ſeuls hommes, ſur leſquels vous avez à
venger tant de morts illuſtres, qui

font péris fous leurs coups ; ainfi
fufpendez pour quelques jours
votre douleur, afin de les punir
par un fupplice proportionné au
tort qu'ils vous ont fait. Ce difcours rallentit la fureur des Sauvages , & nous garantit de la
mort : loin de nous faire le moindre mal , on nous délia , on nous
conduifit dans une cabanne dont
on nous établit les maîtres ; l'on
en garda feulement la porte avec
beaucoup d'exactitude , & l'on
nous fervit à manger du poiffon
fec deux fois par jour fort exactement.

Comme je remarquois une extrême trifteffe dans Vagieddin,
je lui en demandai la raifon : Seigneur, me dit-il, nous devons
dès ce jour, nous regarder comme de malheureufes victimes dé-
vouées à une mort certaine :
nos ennemis ne fçavent ce que
c'eft que de faire grace , & leur

vengeance ne s'assouvit que par
le sang des misérables qu'ils
font mourir dans les plus cruels
tourmens ; alors m'ayant expliqué la harangue du Sauvage, ne
croyez pas, Seigneur, continua-
t'il, que nous jouïssions encore
long-tems de la vie ; nous sommes destinés à essuyer des supplices, accompagnés de circon-
stances d'une barbarie si rafinée,
que l'on ne peut rien concevoir
de plus affreux ; toute ma fermeté m'abandonne ; quand j'y pense, je frémis par avance de la
seule idée que je m'en rappelle,
& dont j'ai été tant de fois témoin chez les Insulaires que
nous venons de quitter.

Si le discours du Pilote m'é-
tonna d'abord, je revins bien-
tôt de mon effroi : Vagieddin,
lui dis-je, rassure-toi, nous ne
mourrons pas parmi les barbares ; le grand Prophete m'en a

assuré trop positivement ; je porte sur mon cœur une marque
certaine de sa protection : En
m'arrachant de l'ame la fatale
passion qui a causé tous mes
malheurs , il m'a fait entendre
que j'aurois encore obligation
de la vie au Prince de Visapour,
& quoique j'ignore de quelle maniere un secours si extraordinaire
puisse m'arriver , je ne dois point
désesperer d'en ressentir bien-tôt
les effets.

Malgré la cicatrice que je
portois à l'endroit du cœur, &
que Vagieddin avoit examinée
avec une extrème surprise , il
n'ajoutoit pas tellement foi au
prodige, qu'il ne se livrât souvent
à la plus amere douleur ; enfin ,
après avoir demeuré près de
quinze jours avec ces barbares ,
on nous apprit que nous serions
bien-tôt brûlés à petit feu , &
voici de quelle maniere nous en

fûmes informés. La veille du
jour deftiné à notre fupplice, on
vint nous prendre dans notre cabanne, on nous mit au col une
longue corde de coton; on nous
dépouilla tout nuds, & plufieurs
femmes après nous avoir peint
le corps, & nous y avoir attaché des ornemens de diverfes
couleurs, firent retentir l'air du
bruit effrayant de leurs chanfons
& de leurs danfes; elles nous
annonçoient que nous devions
le lendemain leur fervir de nour-
fiture, & que nous euffions à
nous préparer à la mort, avec
toute la fermeté que des braves
tels que nous, devoient faire paroître. Je vous avoue, Mefdames, que ce ne fut pas fans une
extrême émotion, que je crus
ma fin prochaine, & que je
commençai à défefperer un peu
de la protection du Prophete; on nous garda toute cette

nuit avec un extrême foin : l'a-
gitation de Vagieddin redoubloit encore ma peine ; je tâchois pourtant à le confoler, &
je l'exhortois à fe refigner à la
Providence, qui ne nous avoit
pas abandonné jufqu'à ce moment, lorfque je jettai par hazard les yeux fur un Livre qui
fortoit à moitié de la poche de
fon habit, que les Infulaires en
le dépouillant, avoient laiffé dans
notre cabanne : Je ne fçai par
quel motif je le ramaffai ; mais
je n'eus pas plutôt connu que
c'étoit fon routier, & qu'il con-
tenoit outre ce , une computation Aftronomique, que par une
efpece d'infpiration, je le par-
courus d'un bout à l'autre ; &
comme j'y trouvai une Eclipfe
prefque totale de foleil, annon-
cée dans le mois dans lequel
nous nous trouvions, je demandai au Pilote, s'il fçavoit exac-

tement à quel quantiéme du mois & de la Lune nous étions. Ouy, Seigneur, me dit-il, & de peur de me tromper, je les ai marqué tous les jours ; alors ayant examiné avec attention cette computation , nous trouvâmes par un calcul très-exact, que cette Eclipse devoit arriver le lendemain , environ à deux heures après midi. Tranſporté de joye de cette découverte, je me perſuadai que cet évenement ne m'étoit pas préſenté ſans myſtere ; & ayant fait part de mes idées à Vagieddin , je l'inſtruiſis de l'uſage qu'il en devoit faire.

A peine le jour commençoit à paroître , que les Inſulaires étant venus nous tirer de notre cabanne , ils la démolirent ; on nous ôta la corde que nous avions au col ; on nous la paſſa autour du corps , & pluſieurs de ces barbares la tenant par les deux bouts, nous conduifirent toujours en courant, jufques fur le bord de la mer dans une grande place, où tous ceux qui compofoient cette Nation s'étoient rendus en foule. On nous attacha à un poteau, & l'on alluma à cinquante pas de nous un feu qui me parut être la divinité à laquelle on nous alloit facrifier. Alors un des Sauvages armé d'une efpece de maffue qu'il tenoit fur fon épaule, nous adreffa ainfi la parole : N'êtes-vous pas les deux hommes que l'on a enlevé d'entre nos ennemis, & qui avez fait un fi grand carnage de nos peres & de nos freres ? Vous ne pouvez le nier ; & puifque nous fommes aujourd'hui maîtres de vos perfonnes, vous devez vous attendre aux tourmens que vous méritez. Vos membres vont être rôtis piece par piece , & nous les mange-

rons jufqu'aux os. Quelqu'effrayé que Vagieddin pût être
d'une fi cruelle menace, il répondit ainfi au Sauvage, fuivant
les inftructions que je lui avois
données : Si vous nous avez pris
au milieu de vos ennemis, ce
n'eft pas à dire pour cela que
nous foyions perfonnellement
les vôtres. Forcés de combattre
pour ceux avec qui nous étions,
il falloit ou périr fous leurs maf-
fues, ou employer nos armes
contre vous ; ainfi ce n'eft point
à nous que vous devez imputer
la mort de vos freres , & il feroit
injufte de la venger fur nos perfonnes : J'en attefte ce Soleil qui
nous éclaire ; c'eft lui qui vous
a fourni le premier feu, que vous
paroiffez adorer ; & fi vous per-
fiftez à vouloir nôtre mort, je
vous apprends de fa part que
vous allez éprouver toute fa colere, & que cet aftre lumineux,

pour vous prouver l'interêt qu'il
prend à notre vie, va couvrir
dans peu ce continent, des plus
épaiſſes ténébres ; differez donc
notre ſupplice, juſqu'à ce qu'il
ait fait preſque les deux tiers de
ſa carriere ordinaire, & ſi je ne
vous dis pas la verité, redoublez
envers nous les tourmens que
vous nous préparez : mais en cas
que ce Pere de la lumiere pro-
tege notre innocence d'une maniere auſſi viſible, craignez les
plus grands malheurs qui puiſſent
jamais vous arriver, ſi vous ne
nous rendez pas la liberté.

Le diſcours de Vagieddin ſur-
prit extrêmement les Sauvages :
l'air affirmatif avec lequel il leur
parloit, les intimida ; ils s'éloignerent de nous pour quelques
momens ; & après avoir tenu
conſeil, le Chef de ces Inſulaires s'étant rapproché de nous :
Ton ſupplice & celui de ton ca-

marade est differé, lui dit-il, jufqu'à l'heure à laquelle ce grand
évenement que tu nous annon-
ces doit arriver ; mais si tu nous
en imposes, n'attendez l'un &
l'autre qu'une mort infiniment
plus cruelle que celle qui vous
étoit préparée. Alors nous laif-
fant dans le même état où nous
étions, ils se mirent à danfer, à
chanter, & à faire entr'eux un
festin, dans lequel ils n'épar-
gnerent pas les boiffons enyvran-
tes ? Enfin le moment annoncé
étoit près d'arriver, lorfque les
Sauvages impatiens nous déta-
cherent du poteau ; ils reproche-
rent à Vagieddin son impoftu-
re ; & nous ayant conduits fur
une efpece de théatre dreffé devant le feu qu'ils avoient allumé
dès le matin, ils nous y firent
monter ; nous attacherent les
bras élevés à une perche, qui
traverfant au-deffus de l'écha-

faut, portoit fur deux pieces de
bois plantées en terre, & nous
envelopperent d'une espece de
chemise faite d'écorce de boul-
leau, dans le deffein d'y mettre
bien-tôt le feu, &, par fon peu
d'activité, de nous procurer une
mort, extrêmement lente & cruelle. Nous touchions déja à ce moment fatal, & le Chef des Infulaires, un tifon enflammé à la main
alloit commencer le facrifice,
lorfque Vagieddin lui cria d'un
ton effroyable : Regarde, malheureux incrédule, regarde le
Dieu vengeur, qui va foudroyer
toute ta nation ; leve les yeux au
Ciel, & vois-y ta condamnation
écrite. Les Sauvages ayant alors
porté la vûë vers le Soleil, furent
dans la derniere confternation de
voir, fuivant la prédiction du Pilote, le Ciel s'obfcurcir infenfi-
blement, & la terre fe couvrir des
plus noires ténebres.

XXVII.

XXVII. SOIRE'E.

*Conclusion de l'Histoire de Cazan,
Can, Sultan d'Ormuz.*

PEndant la duré entiere de
l'Eclipse (*a*) qui fut de plus de
trois heures, les Sauvages, tant

(*a*) L'Eclipse du Soleil est causée par l'in-
terposition du corps de la Lune, directement
entre l'œil & le Soleil : les plus grandes Eclipses
arrivent lorsque cet Astre est dans son apogée,
& la Lune dans son perigée ; parce que le Soleil
étant dans son apogée, c'est-à-dire, dans son
plus grand éloignement de la terre, son demi
diametre apparent est le plus petit qu'il puisse
être ; & quand la Lune est dans son perigée,
c'est-à-dire, dans le point le plus près de la terre,
son diametre apparent est le plus grand, de
sorte que l'Eclipse de Soleil est non-seulement
totale, mais aussi avec la plus grande demeure.
La durée totale de ces sortes d'Eclipses solaires,
appellées centrales, est de trois heures huit minutes, & la demeure de tout le Soleil dans
l'obscurité, est de neuf minutes & trente se-
condes.
De l'usage des Globes, par le sieur Bion,
Paris in-8°. 1728.

Tome II. K

hommes que femmes , étoient
prosternés en terre , sans oser re-
muer. Quel fut leur étonnement
en se relevanr, après que l'obscurité fut cessée, devoir tout d'un coup
plus de trois cens hommes , d'une
figure qui leur étoit entierement
inconnuë , fondre sur eux le sabre
à la main. Comme ils prenqient
ces ennemis pour des envoyés de
l'Astre , qu'ils croyoient avoir
offensé dans nos personnes, ils ne
se mirent point en défense, & se
laisserent massacrer.

Si Vagieddin regardoit ce second évenement , avec autant de
surprise que les Sauvages , pour
moi rempli des promesses du Prophete , j'en fus d'autant moins
étonné , qu'à la tête des braves
Guerriers , qui venoient à notre
secours, j'avois reconnu le Prince
Cothbedin , qui après m'avoir fait
détacher de la perche à laquelle
j'étois lié , fit rendre le même ser-

vice au Pilote : Seigneur, lui dis-
je, reconnoiffez-vous dans cet
état déplorable, un ingrat Monarque que vous avez droit, non
feulement de haïr, mais même
dont il femble que la mort vous
foit neceffaire pour fatisfaire votre
jufte vengeance, & votre amour
outragé. Roi d'Ormuz, me répondit le Prince de Vifapour en
m'embraffant avec tendreffe, loin
de m'être inconnu, ce n'eft que
pour vous tirer de ce péril, que
j'ai abordé fur les côtes, c'eft
une hiftoire trop longue à vous
raconter à prefent, ce n'eft pas
ici le moment de le faire ; venez
à mon Vaiffeau reparer les forces
dont votre corps épuifé paroît
avoir befoin. Je prenois le chemin
de la Mer, lorfque Vagieddin
s'appercevant que les femmes des
Sauvages & leurs enfans, qui
avoient été épargnés par les Soldats du Prince, étoient encore

proſternés la face contre terre.
Malheureuſes, leur cria-t'il d'une
voix forte, relevez-vous, retour-
nez à vos cabannes : profitez de
la punition de ces monſtres ; élevez vos enfans dans des principes
d'humanité, & par des cruautés,
dont le ſeul récit doit faire horreur,
n'offenſez plus un Etre ſuperieur
qui vient de nous venger de la
barbarie que l'on vouloit exercer
ſur nous : ces paroles raſſurerent
ces pauvres femmes déſolées ;
elles ne ſe leverent qu'en trem-
blant & retournerent à leur habitation, pendant que nous gagnions
un Cap, derriere lequel étoit le
Vaiſſeau de Cothbédin. Avant que
d'y entrer, nous fîmes le Pilote
& moi une ablution, d'autant
plus neceſſaire, que les femmes
de ces Sauvages nous avoient
pe nt tout le corps avec des cen-
dres de differentes couleurs; après
quoi le Prince nous ayant préſenté

des habits convenables , nous
montâmes fur le Vaiſſeau , où
nous trouvâmes tous les rafraî-
chiſſemens dont nous avions un
extrême beſoin.

Je ne vous ferai pas, Meſdames,
le détail des remercimens que je
fis au Prince de Viſapour , les aſſurances que je lui donnai , que ma
paſſion pour Canzadé, étoit entierement éteinte , & la maniere
extraordinaire dont je lui appris
que j'avois été gueri de cet amour
inceſtueux ; je vous dirai ſeulement qu'après avoir traverſé avec
beaucoup de vîteſſe, des Mers qui
juſqu'alors nous étoient incon-
nues , nous entrâmes dans celle
d'Arabie , & fûmes pouſſés par
un vent favorable juſques dans le
Port de Cambaye; là le Prince &
moi reſolûmes de nous traveſtir
en Marchands , & avec ſix Eſclaves ſeulement, nous allâmes loger
au Caravenſerail de cette Ville; le

Concierge nous y reçut avec
diftinction ; il nous fit donner une
des meilleures chambres, & même nous engagea à fouper avec
lui ; nous nous mîmes à table, le
repas fut fort gay, nous y bûmes
de bon vin ; mais foit qu'il nous
ait donné dans la tête, ou qu'il y
ait quelque chofe de furnaturel
dans notre fommeil, nous avons
été tranfportés dans ce fuperbe
Palais, fans fçavoir comment, &
nous avons été affez heureux pour
y trouver la fin de nos peines.

: Les Sultanes avoient été plus
d'une fois touchées des triftes fi-
tuations dans lefquelles s'étoit
trouvé le Sultan de Perfe. Elles
étoient charmées que le hazard
eût conduit ce Prince & Cothbedin dans leur Palais pour y terminer tous les chagrins de Canzadé ;
elles faifoient quelquefois reflex-
xion fur les affurances que l'Iman
Cothrob lui avoit donné après le

récit de ſes avantures, qu'elle
verroit bien-tôt la fin de ſes malheurs ; elles ſe ſouvenoient du
tranſport d'Albaert à Ormuz, de
la vûë qui avoit été rendue à
Aboul-Aſſam ; & quoique les
diſcours du Sultan de Perſe leur
fiſſent comprendre que cet Iman
pouvoit avoir contribué à la gue-
riſon de l'eſprit & du cœur de
Cazan-Can, elles n'avoient gardé
de s'imaginer que c'étoit cet homme merveilleux qui conduiſoit
toutes ces avantures à leur fin,
par ſa profonde capacité dans les
ſciences les plus ſublimes, &
par le pouvoir qu'il avoit ſur les
Genies de toutes les eſpeces.

Il ſe faiſoit tard, & quelqu'envie que les Sultanes euſſent de
ſçavoir par quel moyen le Prince
de Viſapour étoit ſorti des mains
des Corſaires, & comment il
avoit pû ſecourir auſſi à propos
le Sultan, elles crurent devoir

remettre au lendemain le récit
de ses avantures, & chacun s'étant
retiré, ils passerent tous la nuit
avec beaucoup de tranquilité, à
l'exception de Cazan-Can. Le
Portrait que le Sage lui avoit
montré dans la cabanne des Insulaires, avoit fait une trop forte
impression sur son cœur, pour
qu'il ne l'eût pas toujours present à l'esprit, & il croyoit avoir
trouvé l'original de cette peinture
dans une jeune personne de ce
Palais, jusqu'alors couverte d'un
voile : elle avoit toujours été presente à tout ce qui s'étoit passé
dans le Serail ; mais son voile lui
ayant échappé vers la fin de l'histoire du Sultan, il fut tellement
frappé de l'éclat de la belle Acsou,
fille d'Oguz & de Gehernaz,
(car c'étoit elle que le Prince
avoit vû en rêve, pendant cette
nuit si satisfaisante pour lui) qu'il
en resta immobile.

Comme

Comme Cazan-Can n'étoit pas bien assuré si cette charmante personne étoit une mortelle, ou quelqu'un de ces esprits élementaires qui s'allient quelquefois aux hommes, il passa la nuit dans une grande agitation, & pour s'éclaircir de ses doutes, il fit entendre aux esclaves qui étoient destinés pour le servir, qu'il souhaiteroit parler au venerable Vieillard qu'il avoit vû tous les jours précedens. Cothrob ne fut pas plûtôt informé des intentions du Sultan, qu'il se rendit à son appartement. Seigneur, lui dit le Prince, en embrassant ses genoux, ne croyez pas passer dans mon esprit pour un homme ordinaire. Les évenemens étonnans qui me sont arrivés, & ausquels vous avez la part la plus essentielle, me font vous regarder comme un Génie favorable, ou comme un Sage, à qui rien n'est impossible dans la na-

ture ; ainfi après les obligations
infinies que je vous ai, ne devinez-
vous point ce qui fe paffe actuel-
lement dans mon cœur ? Sultan
d'Ormuz, reprit gravement Cothrob, en embraffant Cazan-Can,
tout ce qui t'a paru n'être qu'un
rêve, eft une verité bien réelle.
Oüi, c'eft moi-même, qui t'ai
arraché du cœur cette graine in-
fectée, qui n'engendre que cor-
ruption dans les hommes ; c'eft
par mon moyen que notre fouverain Prophete a permis que tu
ayes recouvré l'ufage de toute ta
raifon ; & c'eft par fa permiffion,
que je t'ai fait voir le portrait de
cette adorable perfonne, qui caufe aujourd'hui toutes tes inquie-
tudes. Si fa vûe t'a vivement touché, lorfque fon voile lui échapa
hier, la tienne ne lui a pas caufé
moins d'émotion. Elle fera ton
époufe, c'eft tout ce que je puis
te dire à prefent ; fais-lui connoî

tre feulement par des regards ref-
pectueux ce que tu penfes pour
elle. Du refte, ne te fatigue pas
l'efprit pour fçavoir où tu es, &
quelles font les perfonnes qui ha-
bitent ce Palais; tu feras informé
de tout cela, lorfqu'il en fera
tems, & ce moment qui doit être
celui d'une union que tu fouhaites
avec tant de paffion, n'eft pas extrêmement éloigné.

L'Iman s'étant alors retiré, fans
attendre les remerciemens de Cazan-Can, ce Monarque fut fi
tranfporté de joye, des promeffes
qu'il venoit de lui faire, qu'il
courut à l'appartement du Prince
de Vifapour, pour lui annoncer
cette nouvelle. Cothbedin, &
Canzadé prirent toute la part poffible à fa fatisfaction ; & la joie
s'étant répandue dans toutes leurs
actions, ils pafferent la journée
dans un extrême contentement.
L'heure de fe raffembler étant

arrivée, on se rendit dans le Sallon, & les Sultanes ayant témoigné au Prince de Visapour quelque curiosité d'apprendre ce qui
lui étoit arrivé depuis qu'il étoit
tombé au pouvoir des Corsaires,
ce Prince leur parla en ces termes.

HISTOIRE
Du Prince de Visapour.

APrès l'extrême fatigue que
j'avois essuyée dans le combat que j'avois été obligé de soutenir contre le Capitaine & les
Soldats du vaisseau qui vouloient
obéir exactement au Sultan d'Ormuz, & dans lequel j'aurois suc-
combé infailliblement sans le secours inesperé qui m'étoit arrivé,
je ne m'attendois pas, à mon ré-
veil, qui ne fut que plus de douze
heures après, que je me trouverois, pour ainsi dire, dans les fers.

J'en fus d'autant plus cruellement
affligé, que séparé de ma chere
Canzadé, j'appris que dans le partage que les Corsaires avoient fait
de nos personnes & de nos biens ;
elle étoit échûe au plus brutal de
tous les hommes. Je ne puis vous
exprimer, Mesdames, jusqu'à
quel point fut porté mon désespoir : il fut si violent, que j'en
tombai dans une espece de délire,
qui fit appréhender pour ma vie.
Celui qui commandoit notre vaisseau, & qui se nommoit Achabaert, n'ignorant pas ma qualité
& mon amour, qu'il avoit appris
de quelques sujets du Sultan qui
avoient été pris avec moi, eut
toutes les attentions imaginables,
pour que je ne manquasse de rien ;
il n'épargna aucune chose pour me
consoler : Seigneur, me dit-il,
vous êtes libre dès ce moment, &
je vais faire toutes les manœuvres

poffibles pour rejoindre le Corfaire qui vous enleve Canzadé. Je
le forcerai à la remettre entre vos
mains, ou je vous jure que je pé-
rirai à la peine. Généreux Achabaert, m'écriai-je, quelles obligations ne vous ai-je pas? Ah! fi
vous me rendez un fervice auffi
effentiel, foyez fûr d'une reconnoiffance fans bornes! Mais de
grace, ne perdons pas de tems,
les momens font précieux, & le
moindre retardement me fait frif-
fonner : Nous tournâmes auffi-tôt
la proue du côté que le vaiffeau
du Pirate avoit cinglé; & après
avoir vogué pendant plufieurs
jours avec beaucoup de vîteffe,
nous vîmes venir à nous un bâti-
ment, que de plus près nous reconnûmes pour être celui que nous
cherchions : nous l'abordâmes
dans le moment même, & n'y
trouvant point la Princeffe, j'é-
tois fur le point de me précipiter

de douleur dans la mer, lorfque j'appris avec une extrême fatis-faction, de quelle maniere Al-baert ayant tué le Corfaire, avoit avec la Princeffe mis pied à terre à Dabul, & qu'il avoit compté à ceux de ce vaiffeau quatre-vingt mille pieces d'or, pour la rançon de Canzadé & de ceux de fa fuite.

Nous prîmes dans le moment la route de Dabul, & nous n'en étions pas éloignés de 60 lieuës, lorfqu'une affreufe tempête nous rejetta en mer; & après avoir battu notre vaiffeau pendant cinq jours, fans aucune difcontinuation, il alla fe brifer contre un écueil. Tout l'Equipage ayant peri, le feul Achabaert & moi nous nous faifimes d'une efpece de poutre qui nous porta à plus de dix lieuës de cet endroit, à bord d'une Ifle où nous arrivâmes demi-morts de faim & de laffitude. Après avoir

L iiij

pénetré avec beaucoup de peine
affez avant dans cette Ifle, nous
reconnûmes qu'elle étoit inhabi-
tée, & nous n'y vîmes qu'une
grande quantité de Mouches à
miel, & de Chevres qui paroiffoient très privées. Les premieres
nous fournirent dès le jour même,
une nourriture qui nous rétablit
l'eftomach ; & les fecondes, outre le lait qu'elles nous don-
noient abondamment, nous indi-
querent une fontaine d'eau-vive
des plus fraîche, parce qu'elle
avoit fa fource dans un Rocher,
fitué au penchant d'une petite
montagne, qui étoit expofée au
vent du Nord.

Ce nous fut une efpece de confolation, de trouver du moins de
quoi vivre dans un lieu auffi fau-
vage, & après avoir paffé la nuit
à l'entrée de cette Roche, nous
commencions à nous réfigner aux
volontés de la Providence, lorf-

que le jour qui commençoit à paroître, sembla tout d'un coup
s'obscurcir; cette espece de Phe-
nomene nous causa quelque
frayeur; elle augmenta encore
par un bruit d'une nature que je
ne sçaurois bien décrire, & nous
fûmes dans un étonnement au dessus de toute expression, de voir
qu'il procedoit du vol d'un oiseau
plus gros qu'un Elephant, que
cette espece de Monstre s'abbattit
à cent pas de nous, & qu'ayant
pris une chevre dans chacune de
ses Serres; il remonta vers le
Ciel, traversa la mer, & disparut
à nos yeux.

XXVIII. SOIRE'E.

Continuation de l'Hiſtoire du Prince de Viſapour.

A Chabaert reſta interdit à cette vûe; pour moi, je n'en fus pas tout-à-fait tant étonné, & comprenant qu'il falloit que cet oiſeau prodigieux fût un Rokh, (*a*) dont j'avois ſouvent oüi parler, mais que je croyois n'exiſter que dans l'imagination de nos Romanciers, je l'examinai avec une extrême attention. Comme pendant près d'un mois que nous fûmes dans cette Iſle, je voyois tous les deux jours le Rokh faire la même operation ſur les Chevres, cela me fournit une idée que je communiquai à Achabaert,

-----

(*a*) *Rokh*, Oiſeau monſtrueux qui enleve avec facilité un Bœuf.

& qu'il approuva, quoiqu'elle fût très périlleuse. Suivant mon projet, nous défîmes la toile de nos Turbans, & nous coupâmes nos Robbes de deffus, de maniere que nous en fimes des bandes fuffifantes pour nous attacher chacun folidement à une chevre : Après les avoir toutes éloignées un foir, de l'endroit où le Rokh avoit coutume de defcendre, nous y en laiffâmes feulement deux, aufquelles nous étant fortement liés, nous attendîmes avec une impatience mêlée de frayeur, l'arrivée de l'Oifeau : Il vint à l'heure accoutumée, & nous enleva avec nôs chevres, comme s'il n'eût été chargé que de deux moineaux. De quelqu'intrepidité que l'on puiffe fe piquer, j'avoue que ce ne fut pas fans une extrême appréhenfion que nous nous vîmes emporter prefque aux nuës, traverfer un efpace im-

mense de mer, & descendre vers
le soir, sur une Esplanade située
au haut d'une montagne, où le
Rokh posa les deux chevres qu'il
avoit étouffé dans ses serres. Comme cet oiseau les quitta pour aller
apparemment chercher ses petits,
& les amener à leur pâture ordinaire, nous profitâmes de ce moment pour défaire les liens qui
nous tenoient suspendus aux chevres; nous nous éloignâmes de
ce lieu, & après avoir mangé
quelques rayons de miel dont
nous avions fait provision, nous
nous retirâmes derriere une roche
pour y passer la nuit : Nous nous
disposions à goûter en cet endroit
un sommeil, dont nous avions un
extrême besoin, lorsqu'en voulant
arracher quelques brossailles, qui
m'empêchoient de me placer
commodément, j'apperçus quelque chose de brillant : je m'en ap-
prochai, & découvrant au clair

de la lune que c'étoit un anneau
d'or, qui tenoit à une efpece de
trappe, je la leval, & y trouvant
un dégré éclairé par des lampes
de criftal remplies d'huile de fenteur, nous ne fîmes Achabaert &
moi, aucune difficulté d'y defcendre : Cependant, à peine y fû-
mes-nous entrés, que nous fûmes
faifis d'une efpece d'inquietude
en entendant la trappe fe refermer
avec violence. Suivans toujours
notre premiere réfolution, nous
parvînmes dans une falle d'une
magnificence furprenante, &
pour l'ornement de laquelle on
n'avoit point épargné les pierres
les plus précieufes. Quatre tor-
cheres d'or pur foutenoient des
lampes, dont il fortoit une lumiere fi brillante qu'elle étoit
éclairée comme en plein jour ; &
à un des coins de cette Salle,
étoit un Cabinet magnifique dans
lequel on voyoit deux lits de Satin

brodés de Perles. Comme nous étions extrêmement fatigués, nous nous mîmes deſſus, nous nous y endormîmes profondément, & nous ne nous reveillâmes qu'à la pointe du jour, au chant de pluſieurs oiſeaux renfermés dans une magnifique voliere : leur plumage étoit ſi varié & ſi brillant, que nous ne pouvions nous laſſer de l'admirer ; lorſque nous fûmes diſtraits de cette vûe par une converſation que j'entendis entre deux perſonnes que je ne voyois pas : Oüi, Seigneur, dit une de ces voix, le Sultan d'Ormuz eſt dans l'Iſle de Ramak. Je le ſçai, reprit l'autre voix ; ſon impieté envers le Ciel & ſon ingratitude pour un Prince genereux l'ont conduit dans ce lieu affreux pour y ſubir le châtiment qu'il meritoit : mais ſon repentir, & les prieres du Prophete ont fait changer l'Arrêt qui avoit été prononcé contre lui,

pourvû qu'il se trouve un homme
affez brave pour l'aller arracher à
ces farouches Infulaires qui fe dif-
pofent à le brûler à petit feu. Je
n'eus pas plûtôt entendu ces dernieres paroles, que fans héfiter
fur le parti que j'avois à prendre,
ce fera moi, repris-je; qui tente-
rai cette entreprife, quelque difficile & quelque périlleufe qu'elle
puiffe être; mais daignez du
moins m'inftruire de quelle maniere je dois m'y comporter. Gé-
nereux Cothbedin, pourfuivit la
feconde voix, je n'en attendois
pas moins de ton courage; pour-
fuis ton noble deffein: après t'être
rafraîchi dans ces lieux, éprouve
l'avanture de Soham, monte le
vaiffeau que tu trouveras dans le
Port, & pars pour cette expedi-
tion. Cette voix n'eut pas plûtôt
ceffé de fe faire entendre, que
nous fortîmes Achabaert & moi
de ce Cabinet, pour entrer dans

un Jardin superbe que nous traver-
sâmes : de-là nous étant rendus
dans un Salon superbe où nous
trouvâmes un repas exquis , qui
nous étoit d'un grand secours ,
nous passâmes ensuite dans une
avenue qui nous conduisit à un
Port rempli de vaisseaux. Là ,
nous étant informés d'un Matelot
en quel endroit de la terre nous
étions : Seigneur , nous dit-il ,
vous êtes dans l'isle de Darem (a)
qui a toujours passé pour fabuleuse , par la difficulté qu'il y a d'y
aborder. Sam-Souvar fils de Ca-
herman , Général des Armées de
Feridoun, l'un des Rois de la premiere Dinastie de Perse , fut le
premier à qui il fut permis d'arriver dans ces lieux : ils étoient
remplis de Monstres si terribles ,

_____

(a) Voyez la Bibliotheque Orientale aux
fol. 749. & 750. aux titres Sam, & Sam Souvar,
& Samandar.

qu'aucun

qu'aucun mortel avant lui, n'avoit
été assez hardi pour chercher à y
mettre le pied ; cependant ce Heros à qui rien ne paroissoit impossible, osa aborder à cette Isle : il y
combattit la plus grande partie de
ces Monstres ; & ayant dompté
celui qui étoit le plus farouche,
& qui se nommoit Soham, à cause qu'il étoit de la couleur & de
la nature du fer, il l'apprivoisa,
en fit son cheval de bataille, &
avec son secours, rendit les Peris
maîtres du Palais dont vous sortez, en chassant les Dives leurs
ennemis mortels. Ensuite ayant
laissé sur la terre des marques d'u-
ne valeur extraordinaire, il subit
en ces lieux le sort de tous les
mortels, & laissa en mourant sa
monture à la garde de Schacaroun, qui depuis plusieurs siécles
attend ici un heros aussi intrépide
que Sam-Souvar. Et de quelle
utilité, repris-je, peut être à ce

Sage, l'arrivée de cet homme qu'il attend depuis si long-tems ?

Semendoun, continua le Mate ot, est un Genie affreux, surnommé (*a*) Hezar-ïek-Deft, parce qu'avec une taille de Géant, il a la force de mille personnes. Il est voisin de cette Isle, & y vient souvent faire des irruptions qui désolent Schacaroun, & nous ne pouvons appaiser cette espece de monstre que par un honteux tribut qui nous deshonore, & que nous lui payons depuis dix ans : Personne jusqu'à présent n'a pû parvenir à nous débaraffer d'un ennemi aussi incommode, la raison en est, qu'il ne peut être vaincu que par un mortel assez hardi pour monter le Soham de Sam-Souvar ; & cet animal aussi terrible que Semen-

_____

(*a*) *Iekdeft*, signifie en langue Persienne un mil ier de mains. Ce Geant est celebre dans le Roman de l'Histoire fabuleuse intitulée, *Chroumarcail Nameh*.

doun ne doit être soumis que par
celui qui pourra lui mettre la bride d'or, dont Sam-Souvar se ser-
vit pour le dompter. Comme il a
mis en pieces plus d'un Cavalier
assez hardi pour tenter cette entreprise, cela en a tellement dé-
gouté les autres, que depuis plus
de 60 ans, personne n'a voulu s'y
hazarder. J'avois lû une partie de
cette Histoire sans y ajouter foi,
poursuivit le Prince de Visapour,
mais la maniere singuliere dont
j'étois arrivé dans l'Isle de Darem,
m'ayant fait croire qu'elle pouvoit
bien être véritable, je demandai
au Matelot si l'on pouvoit voir cet
animal si furieux : Oüi, Seigneur,
repliqua le Matelot; il est dans un
cabinet du jardin d'où vous sortez
sous un Pavillon d'Ecarlate ;
Schacaroun en a un soin tout particulier, & il ne refusera pas de
vous le montrer, ainsi que la bride qu'il tient enfermée dans un

des appartemens du Palais. Je
priai le Matelot de nous conduire
vers ce Sage : nous en reçûmes
tout l'accueil possible ; & après lui
avoir témoigné l'envie que j'avois
d'essayer la bride à Soham, il
nous mena dans le lieu où ce furieux animal étoit renfermé. J'a-
voue que je fus très-ému à sa vûe ;
cependant résolu de mourir plûtôt
que de reculer dans cette entreprise, je priai le Sage de m'instruire de quelle maniere je devois
m'y conduire. Seigneur, me dit-
il ; vous voyez que ce monstrueux
animal participe de plusieurs na-
tures : s'il a la tête d'une panthere,
il en a toute la ferocité & la lege-
reté ; son corps couvert d'écailles
les plus dures, qui lui forment sur
le dos une espece de selle, lui
donnent la ressemblance & la force du Rhinoceros ; & ses aîles, &
ses pieds armés de serres tranchantes lui fournissent la hardiesse

des Griffons; c'est à cet étrange
animal que vous devez présenter
la bride d'or que voici. Si cette
avanture est réfervée à un autre
qu'à vous, de quelque bonne
trempe que soit le fabre que je
vous prefente, Soham vous aura
déchiré en mille pieces avant
que vous lui ayiez fait la moindre
bleffure : fi au contraire vous êtes
deftiné à mettre à fin cette efpece
d'enchantement, vous trouverez
ce Monftre auffi doux que le cheval le mieux dreffé ; il fe laiffera
brider, & monter fans difficulté,
& felon toutes nos prédictions,
vous ferez vainqueur de Seman-
doun.

XXIX. SOIRE'E.

Conclusion de l'Histoire du Prince de Visapour.

PEndant que Schacaroun me parloit ainsi, il m'examinoit pour voir si je ne changerois pas de visage, & voyant que malgré les périls qu'il venoit de m'annoncer, je demeurois ferme dans ma résolution : Seigneur, continua-t'il en me remettant la bride d'or entre les mains, si vous êtes assez heureux pour dompter Soham, songez que vous avez à combattre un Géant terrible, dont la monture ordinaire est le Rokh qui vous a conduit hier sur la montagne inaccessible qui cache cette Isle aux humains ; outre l'extrême force dont il est doüé, il est bon de vous avertir que ce Géant est

du nombre des mauvais génies,
qui ont le pouvoir de prendre
toute forte de formes ; il en chan-
gera infailliblement, s'il fe voit in-
ferieur, ou bleffé dans le combat
que vous allez entreprendre : mais
fous quelque figure qu'il fe préfente devant vous, ne le quittez point
que vous ne lui ayez ôté la vie ;
ne craignez pas au refte d'abandonner Soham, vous le retrou-
verez toujours lorfqu'il vous fera
neceffaire; & fi vous fortez vic-
rorieux d'un combat auffi étrange, affurez-vous qu'en nous délivrant d'une odieufe tyrannie,
vous arracherez le Roi d'Ormuz à une mort cruelle qu'on
lui prépare, & que vous retrou-
verez en lui un homme penetré
de douleur des injuftices qu'il
vous a rendues. Un de nos Sages
en lui arrachant du cœur l'inceftueufe paffion qu'il reffentoit
pour la Princeffe fa fœur, lui a

ouvert les yeux fur votre mérite: Soyez feulement vainqueur
de notre ennemi, vous ne trouverez plus d'obftacle à votre paffion pour l'incomparable Canzadé.

Ces dernieres promeffes, continua le Prince de Vifapour, re-
doublerent mon ardeur pour le
combat, & Schacaroun m'ayant
ouvert la porte du Sallon où étoit
enfermé Soham, j'y entrai fans
héfiter, tenant la bride d'or de
la main gauche, & de la droite
le fabre que ce Sage m'avoit
donné. Comme je ne me flattois
pas de réuffir dans mon projet,
je m'étois réfolument dévoué à
la mort ; & après avoir fait une
courte priere à notre fouverain
Prophete, je me préparois à me
défendre de l'attaque du Monftre, lorfque je le vis s'humilier,
pour ainfi dire, devant moi, plier
les genoux, & me préfenter la
tête

tête pour y recevoir la bride. Je fus si transporté de joie à cette vûe, que je la lui passai promptement dans la gueule; & sautant hardiment sur son dos, je m'y trouvai aussi ferme que sur le meilleur cheval.

Schacaroun se prosternant alors le visage contre terre : loué soit Dieu & notre Prophete, s'écria-t'il, la mort de notre ennemi est prochaine. Partez, intrepide Cavalier, laissez - vous conduire par Soham ; mais afin que Semendoun n'ait sur vous aucun avantage, ayez, comme lui, le don de Métamorphose pendant tout ce jour, & songez à ne le point quitter que vous ne l'ayez vû sans vie : pendant votre absence j'aurai soin de votre compagnon.

Schacaroun n'eut pas achevé ces paroles, que le toit du salon où Soham étoit renfermé sous le pavillon, s'étant ouvert par le milieu, cet animal merveilleux prit son vol dans l'air, & m'enleva avec lui. Il planoit au-dessus de la mer, lorsque j'apperçus le Geant Semendoun monté sur le Rokh, & qui venoit à nous avec une extrême vîtesse. Je fus surpris d'abord de sa taille énorme ; mais animé par les discours de Schacaroun, j'allai droit à lui dans le dessein de ne le pas épargner; il étoit armé d'une massue d'acier, garnie de pointes, & m'en déchargea un si furieux coup, que j'en aurois été accablé, si Soham n'y avoit opposé une de ses pates, qui étoit plus dure que du fer, avec laquelle il la saisit. Pendant que le Geant se débattoit pour conserver son arme, je le frappai si rudement de mon sabre, que le sang lui ruisseloit de toute part, & chaque coup que je lui por-

rois étant immanquable, & le
brûlant jufqu'aux os, il jetta des
hurlemens fi affreux, que j'en
étois moi - même épouvanté.
Comme il ne pouvoit retirer fa
maffue des pates de Soham,
quelque effort qu'il fît, il jugea
à propos de la lui abandonner,
& de me faifir, s'il lui étoit poffible, par le milieu du corps.
Mais m'appercevant de fon deffein, & voulant lui porter un
coup de fabre pour lui abattre le
bras, le Rokh fur lequel il étoit
monté, fit un mouvement, & le
reçut fur le col. Mon fabre
étoit de fi bonne trempe, que
rien n'étoit à fon épreuve ; ainfi
ce monftrueux oifeau fe fentant
dangereufement bleffé, referma
fes aîles, & fe laiffa tomber dans
la mer, au-deffus de laquelle
nous combattions. Comme le
Geant prenoit la même route, &
que Schacaroun m'avoit fur-tout

recommandé de ne le pas perdre
de vûe, je craignis que Soham ne
descendît pas auffi legerement
que je le fouhaitois : je n'héfitai
pas à faifir la main de Semendoun,
& lui portant en même tems un
coup de fabre fur la tête, j'abandonnai ma monture, & me pré-
cipitai avec lui dans la mer.
Nous n'eûmes pas plûtôt touché
cet élément, que furpris de ne
plus voir ni le Rokh, ni le Geant,
j'apperçus à fa place un Monftre
marin, d'une grandeur & d'une
figure horrible, qui ouvrant une
large gueule, bordée de dents
des plus tranchantes, fe préparoit à m'engloutir : je me reffou-
vins alors du don que Schacaroun m'avoit fait en montant
fur Soham, je pris promptement
la figure d'un poiffon d'une taille mediocre ; & m'élançant brufquement dans la gueule du monftre, après avoir legerement tra-

verfé fon vafte gofier ., j'allai
droit au cœur, & le lui ayant
arraché à belles dents, le monftre difparut. Je repris ma premiere forme, & je me trouvai
flottant fur le corps du Geant
qui étoit fans vie. Quoique je ne
fuffe pas extrêmement éloigné
du rivage, qui étoit bordé par
tous les Habitans de l'Ifle de
Darem, je craignois qu'avant
qu'on eût pû me joindre avec
une chaloupe, la mer qui étoit
extrêmement agitée, ne m'em-
portât avec le corps de Semendoun, lorfque Soham, fe jettant
dans la mer, paffa fa bride dans
le col du Geant, & nous rame-
na l'un & l'autre jufques dans le
Port.

Je fus reçû par tous les Habitans de cette Ifle avec des acclamations de joye d'autant plus
finceres, qu'ils fe voyoient déli-
vrés par la mort de leur ennemi

N iij

d'un tribut qui leur caufoit une
extrême douleur : ce monftre
exigeoit d'eux, tous les ans à pareil jour, dix des plus belles filles de l'Ifle, fans que jufqu'a-
lors on eût pû y apporter remede, & la fille même de Schacaroun alloit être au nombre de
ces Victimes, lorfque j'arrivai
dans l'Ifle : l'on doit donc juger
de la joie veritable de tous ces
Habitans, & en particulier de
ce Sage. Il fit allumer un grand
feu fur la gréve ; & y ayant fait
jetter le corps du Geant, il n'y
eut pas plûtôt été confumé,
que Soham s'élevant dans l'air,
fut bien-tôt perdu de vûe, &
qu'il parut fur la mer une grande barque qui cingloit à toutes
voiles vers le Port. Elle y arriva bien-tôt, & la fatisfaction des
Habitans de Darem fe trouva
exceffive, lorfque l'on vit que
la barque étoit remplie de tou-

tes les filles de l'Ifle, qui avoient
été livrées à Semendoun. A
mefure que ce monftre les amenoit dans fon Palais, une Peri-
fe qui les avoit protegé contre
fes mauvais deffeins, les lui en-
levoit par un pouvoir fuperieur
au fien, & les tranfportoit dans
fa demeure; mais comme il ne
lui étoit pas permis de les rendre à leurs parens qu'après la mort
de Semendoun, elle n'avoit pû
les reconduire à Darem que dans
ce moment.

Après que ma victoire eût
été célébrée par une Fête des
plus magnifiques, & que l'on
m'eût comblé de remercimens,
Schacaroun me conduifit avec
Achabaert vers le Port; &
m'ayant fait monter un vaiffeau
fur lequel il y avoit plus de deux
cens hommes vêtus à la Perfien-
ne, il ordonna au Capitaine de
tourner la prouë vers le con-

tinent où le Sultan d'Ormuz avoît besoin de mon secours.

Il sembloit que les vents fussent soumis aux ordres de ce Sage, |& nous vogâmes avec tant de vîtesse, qu'en deux jours nous arrivâmes au Cap près duquel Cazan - Can alloit subir la mort la plus cruelle. Vous avez sçû, Mesdames, de quelle maniere furent traités ces feroces Insulaires qui alloient le sacrifier à leur barbare fureur. Après cette prompte expedition, & qui ne nous coûta aucun danger, puisqu'ils nous regarderent comme des gens envoyés du Ciel, contre lesquels toute défense étoit inutile, nous remontâmes sur notre vaisseau ; & après avoir parcouru avec la même vîtesse, ainsi que le Sultan d'Ormuz vous l'a dit, plusieurs mers à nous inconnues, nous entrâmes dans le Port de Dabul :

là je recompenſai dignement
Achabaert. Le reſte vous eſt
connu, puiſque vous avez été
témoins du conſentement que
Cazan - Can a donné à mon
bonheur: Heureux ſi ce Prince,
ſuivant les prédictions du Sage
qui l'a guéri de ſa paſſion pour
Canzadé, trouvoit dans ce Palais la fin de ſes peines, & le
commencement d'une felicité
qui ne doit finir qu'avec ſa vie.

La Princeſſe Acſou n'entendit pas ſans rougir les dernieres
paroles du Prince de Viſapour.
Les avantures du Sultan d'Ormuz l'avoient extrêmement at-
tendrie: elle n'avoit pû s'empêcher de verſer des larmes au recit du péril qu'il avoit couru
chez les Inſulaires, & elle s'ap-
plaudit ſecretement d'avoir laiſſé faire tant de chemin à ſn
cœur, ſe perſuadant que le Prophete ne deſapprouvoit pas ſa paſ-

sion. Si cette jeune Princesse se livroit ainsi aux mouvemens qui l'agitoient, Cazan-Can ne ressentoit pas avec moins de violence, un amour qu'il voyoit autorisé par le sage Cothrob, & il croyoit l'avoir fait assez connoître par ses regards à cette aimable Princesse, de dessus laquelle il ne détournoit pas les yeux, lorsqu'il étoit dans le sallon.

Oguz, du lieu de sa retraite, voyoit avec plaisir se former une union, dont les suites ne dévoient pas lui être desagréables; l'alliance du Sultan d'Ormuz lui convenoit fort, & ce Prince, à l'exception des sentimens odieux qu'il avoit eu pour sa sœur, & dont il étoit guéri, avoit toutes les perfections imaginables. Le Sultan de Guzarate témoignant à l'Iman l'impatience qu'il avoit de voir conclure ce mariage: Seigneur, lui dit-il,

ce tems n'eft pas encore bien
éloigné ; mais il faut auparavant
que vous connoiffiez à fonds le
cœur de vos Sultanes. Je crois
déja y lire une partie de leurs
fentimens, répliqua Oguz ; Neu-
bahar, Schabgerak & Geanzouz,
ont été d'abord veritablement
touchées de ma prétendue mort ;
mais on fe laffe bien-tôt de vivre
dans la trifteffe, & il me femble
que leur douleur eft un peu di-
minuée. Pour Goul - Saba, elle
n'a témoigné de l'affliction de
ma perte que par rapport à fon
fils, dans lequel j'ai entrevû toutes les marques d'un mauvais naturel ; les converfations que j'ai
entendues entre fa mere & lui à
mon fujet, ne me confirment
que trop dans cette penfée : la
feule Gehernaz m'a paru toujours plongée dans une veritable
affliction ; rien jufqu'à préfent
n'a pû la détourner de ces pen-

fées affligeantes; je fuis témoin
de l'amertume de fes pleurs; &
fi elle paroît quelquefois détour-
née de fa douleur, par le récit
des hiftoires fingulieres qu'elle a
entendu jufqu'aujourd'hui, elle
y rentre bien-tôt dans le particulier, & n'entretient la Princeffe
Acfou que du malheur qu'elle a
eu de me perdre; mais je ne
m'en tiens pas à une épreuve fi
legere; vous m'avez promis, mon
cher Cothrob, de faire quelque
chofe de plus pour moi. Vous
ferez content, Seigneur, reprit
l'Iman, le moment de cet éclair-
ciffement n'eft pas encore venu,
il faut l'attendre fans impatience.

Le lendemain de cette converfation, les Sultanes s'étant
rendues dans le fallon avec la
compagnie ordinaire, elles y
trouverent deux hommes, dont
l'un, d'un air grand & majef-
tueux, paroiffoit être le maître de

l'autre ; il étoit extrêmement foible, & fembloit relever d'une
longue maladie ; une profonde
triftefle regnoit fur fon vifage,
& dans fes actions ; & autant
que fon Efclave marquoit d'étonnement de fe voir dans un lieu
où regnoient tant de richeffes,
autant l'autre témoigna d'indiffe-
rence pour la fituation où il fe
trouvoit ; cette infenfibilité furprit les Sultanes, & l'une d'elles lui adreffant la parole : Seigneur, lui dit-elle, vous paroiffez bien peu touché de vous
trouver en ces lieux ; votre indo-
lence pique notre curiofité,
daignez nous apprendre le fujet
de vos chagrins ; peut-être trouverez - vous quelque foulagement en nous les racontant ; &
pourrons-nous les adoucir par
nos confeils, ou par le fecours
que nous ferons capables d'y apporter. Hélas! Madame, reprit

tristement cet homme, je ne sçais si je dors ou si je veille; mais en quelque état que je me trouve, mes malheurs sont d'une nature à ne recevoir aucun adoucissement; le récit que je vous en ferois, ne pourroit que redoubler l'extrême douleur qui m'accable, & augmenter les ressentimens que j'ai d'une blessure, dont je ne suis pas parfaitement guéri; ainsi dispensez-moi, je vous supplie, de vous apprendre les évenemens d'une vie qui m'est à charge: si cependant vous souhaitez en être instruites, permettez que cet homme vous les raconte, pendant que je me retirerai pour prendre quelque repos, si la chose est possible.

Les Sultanes attendries par les larmes qu'elles virent couler à regret des yeux de ce Cavalier, donnerent ordre qu'on le conduisît dans un appartement convenable , & Cothrob l'y ayant accompagné lui-même , lui fit préfenter du Sorbet , dans lequel il verfa quelques goutes d'un Elixir merveilleux pour fes bleffures ; après quoi il le laiffa fur un lit , où il ne fut pas plûtôt , qu'il s'abandonna à un fommeil , d'autant plus tranquille , que les douleurs que fa bleffure lui caufoit , ceflerent fitôt qu'il eut pris fon Sorbet. Pendant qu'il repofoit , l'Iman étant retourné dans le fallon avec celui qui avoit accompagné cet inconnu , les Sultanes n'eurent pas plûtôt témoigné au dernier l'envie qu'elles avoient de fçavoir les avantures de fon maître , que fe difpofant à leur obéir , il leur parla à peu près dans ces termes.

HISTOIRE

De *Zem-Alzaman, Prince de Kafgar, & de Zendehroud, Princeſſe de Samarcand.

JE ne vous ferai pas, Mefdames, la defcription du Royaume de Kafgar, (*a*) cela vous doit
être connu ; je ne m'étendrai que
fur le récit des actions particulieres du Prince Zem-Alzaman, (*b*) fils unique du Sultan
Fraydoun qui domine dans ce
Royaume. Ce Monarque avoit
eu une guerre fanglante avec celui de Samarcand (*c*); elle avoit

---

(*a*) *Kafgar*, Ville Capitale du Turcheftan.
(*b*) C'eft-à dire l'ornement du Siecle.
(*c*) *Samarcand*, Ville grande & capitale de
la Province de Mavaralnahar. Elle eft bâtie
fur une Riviere affez confidérable qui la tra-
verfe par le milieu ; il y a beaucoup d'apparence que c'eft une des fept qu'Alexandre le
Grand fit bâtir, & aufquelles il donna fon nom.
ét

été pendant quelque tems affez douteufe ; mais enfin ce dernier fuccombant fous la puiffance de Fraydoun, il fut tué de fa propre main dans une bataille fort cruelle, qui fut donnée fur les frontieres de fon Royaume. Après une victoire des plus complette, le Sultan de Kafgar auroit pû étendre fes conquêtes jufques dans le cœur de la Province de Mavaralnahar ; mais comme il n'avoit fait que repouffer les Troupes du Roi de Samarcand qui l'avoit attaqué injuftement, il fe contenta de l'avantage qu'il venoit de recevoir ; & croyant ne pouvoir fans crime envahir les terres de fes voifins, il accorda à la veuve de fon ennemi la paix qu'elle lui fit demander, & fe tint paifible dans fon Royaume, où il gouverna fes Sujets avec toute la juftice & la modération poffibles.

Le Roi de Samarcand n'a-
voit laiſſé en mourant qu'une
femme appellée Al-Alma ; cette
Sultane dans toutes les occa-
ſions avoit témoigné tant de prudence & de courage, qu'après
la mort de ce Monarque qui n'a-
voit qu'une fille, ſes Sujets ayant
une extrême confiance dans cette Princeſſe, lui défererent la
Couronne, contre l'uſage ordinaire de l'Orient.

Quoique cette illuſtre femme
ſçût le tort que ſon époux avoit
eu dans la guerre dans laquelle
il venoit de ſuccomber, & qu'il
avoit entrepriſe contre ſon ſen-
timent, & que la neceſſité de ſes
affaires l'eût obligée de deman-
ner la paix à Fraydoun, elle garda
dans l'ame une violente douleur
de la perte du Sultan ſon époux ;
& ne reſpirant que la vengeance,
elle chercha dans la Princeſſe
Zendehroud ſa fille, toute ſa

confolation. Cet enfant avoit
fix ans au plus ; mais à cet âge elle
étoit d'une beauté fi parfaite, que
faifant efperer qu'elle feroit bien-
tôt un miracle de la nature,
Al-Alma fe flattoit par le moyen
de fa fille de fe faire, pour ainfi
dire, des efclaves de tous les
Princes fes voifins qu'elle arme-
roit contre Fraydoun. Dans cette efperance elle éleva la jeune
Princeffe avec tous les foins imaginables ; & en lui donnant la
fierté d'une Lionne, elle lui infpira des fentimens de la haine la
plus marquée contre le Sultan
de Kafgar, & l'accoutuma à n'entendre prononcer fon nom qu'a-
vec horreur.

Comme cette Princeffe étoit
d'une complexion vigoureufe &
robufte, Al-Alma lui fit prati-
quer bien-tôt les exercices les
plus violens ; & la faifant monter
à cheval dès qu'elle eut affez de

force pour cela, elle voulut qu'armée d'arc & de fleches, elle allât fréquemment à la chasse; & si elle n'en fit pas une Amazone, elle souhaita du moins qu'elle ressemblât à ces femmes illustres par leur bravoure, qui jusqu'au tems du grand Iskender (*a*) s'étoient acquises dans l'Asie une si haute réputation.

XXX. SOIRE'E.

Suite de l'Histoire de Zem-Alzaman, Prince de Kasgar, & de Zendehroud, Princesse de Samarcand.

LE Prince Zem - Alzaman, qui depuis la nuit qu'il avoit passée dans le Serail, jouissoit d'une santé presque parfaite,

(*a*) Alexandre le Grand.

étant entré dans le fallon à l'heure
ordinaire, avec la compagnie
qui l'y avoit amenée, & dont il
avoit reçu toutes les amitiés poffibles, les Sultanes n'eurent pas
plûtôt paru fouhaiter fçavoir la
fuite de fes avantures, qu'il fit figne à celui qui l'avoit accompagné de les continuer : ce qu'il
fit ainfi.

Zendehroud réuffit à mer-
veille dans tous les projets de
la Sultane fa mere. Elle devint
d'une beauté achevée ; & à mefure que fon efprit fe formoit
avec toutes les graces qu'une
excellente éducation peut donner, fon corps s'accoutuma fans
peine aux exercices les plus violens de notre fexe. Quand Al-Alma vit la Princeffe telle qu'elle
l'avoit fouhaitée, elle ne cacha
plus fon deffein ; & la propofant
à tous les Princes fes voifins pour
prix de la vengeance qu'elle ref-

piroit, elle la deſtina pour épouſe
à celui qui lui fourniroit le plus de
moyens d'accabler ſon ennemi.

Pendant que Zendheroud
croiſſoit en âge & en perfeˆtion ,
le Sultan de Kaſgar mon maître
qui n'avoit d'enfant que Zem-
Alzaman , plus âgé de quatre ans
que la Princeſſe de Samarcand ,
employoit tous ſes ſoins pour
en faire un Prince accompli ; &
Zem - Alzaman ſeconda ſi bien
les intentions du Sultan ſon pere ,
qu'à dix-huit ans non-ſeulement
il avoit acquis une extrême capacité dans les ſciences , & dans
tous les exercices convenables à
ſa qualité , mais encore qu'il devint le plus vigoureux & le mieux
formé de tous les Sujets de ſon
pere.

Il avoit à peine atteint cet âge,
que Fraydoun, obligé de ſe mettre en campagne pour repouſſer
quelques Sultans de ſes voiſins

qu'Al-Alma avoit excité sous
main à lui faire la guerre, lui
donna le commandement d'une
partie de son armée ; & ce Prince
y fit des actions de valeur tellement au-dessus de toute croyan-
ce, qu'il s'attira, non-seulement
l'admiration des Officiers & des
Soldats qu'il commandoit, mais
qu'il devint la terreur de ses ennemis, dont il tua trois Chefs de
sa propre main. Ces commence-
mens merveilleux ayant porté la
réputation du jeune Prince de
Kasgar au plus haut point ; le bruit
qui s'en répandit à Samarcand,
causa une si violente douleur dans
le cœur de la Reine, qu'elle en
pensa mourir de rage, & les éloges qu'elle entendoit faire de ce
Prince, le rendirent autant odieux
à la mere & à la fille, que le Sultan son pere le leur étoit déja.
Fraydoun qui n'avoit pas laissé
d'être allarmé des préparatifs de

guerre que la Reine de Samarcand faisoit sourdement, pendant qu'elle animoit les Princes
ses voisins contre lui, fut transporté de joie en apprenant les ac-
tionséclatantesdeZem-Alzaman.
Alors loin de craindre les secours
qu'Al-Alma esperoit tirer de la
beauté de la Princesse sa fille, il
n'eut besoinque de reprimer la noble envie qu'avoit le Prince de
pévenir la Sultane en portant la
guerre dans ses Etats. Mon fils, lui
dit cet équitable Monarque, il faut
que la justice accompagne toujours nos actions ; quoique le ressentiment de la Reine ne soit pas
absolument raisonnable, je ne
sçaurois le condamner tout-à-fait;
le Sultan son époux me fit une
guerre injuste, mais il périt sous
mes coups ; voilà la source de sa
haine ; je pourrois peut-être me
mettre à l'abri des traits d'une
ennemie implacable en travaillant

à

à la détruire ; mais quelle gloire aurois-je à combattre une femme, & encore dans le tems que je sçais que le Sultan de Bockora (*a*) se prépare à lui faire la guerre ? Le jeune Prince goûta les raisonne-mens pleins de generosité du Sultan ; & comme son dernier combat avoit établi une paix solide dans ses Etats, il demanda à son pere la permission de voyager. Le Sultan n'ayant pû la lui refu-ser, il partit d'abord avec une suite de douze personnes ; mais au bout d'un mois, s'en trouvant incommodé, il renvoya dix de ceux qui l'accompagnoient, écrivit à son pere qu'il souhaitoit marcher *incognito*, & débarrassé de toute sa grandeur, & lui pro-

_____

(*a*) *Bockora*, Ville très-considerable par sa grandeur, dans le Zagatay en Tartarie, dont elle a été autrefois la Capitale : elle est environ à 50 lieuës de Samarcand, & l'on croit qu'elle étoit la patrie d'Avicene.

mit de ne se point tellement éloigner de ses Etats, que si ses ennemis faisoient quelques mouvemens, il ne pût revenir promptement à son secours. Quelque
chagrin que Fraydoun ressentît à
la lecture de cette Lettre, il fut
obligé de prendre patience, &
se confiant aux promesses de son
fils, il attendit son retour avec
tranquillité.

Le nom de Zem-Alzaman a-
voit trop fait de bruit pour que ce
Prince voulût le porter dans ses
voyages ; comme il n'avoit gardé
qu'un de ses esclaves & moi pour
son service, il nous défendit de
l'appeller autrement qu'Edris ; &
ayant, sous ce nom, parcouru
une partie du Turquestan, il résolut de passer dans les Etats de
la Reine de Samarcand, attiré
sans doute à ce dessein par le dé-
sir de connoître ses forces, ou
par la curiosité d'apprendre si la

beauté de Zendheroud, que sa
mere comptoit devoir être si fatale au Sultan Fraydoun, & lui
susciter tant d'ennemis, méritoit la réputation qui se répandoit
chez les Rois ses voisins.

Le Prince eut à peine mis le
pied dans le Mavaralnahar, où il
apprit que le Prince Kobad, frere
d'Al-Alma, se disposoit à aller
au-devant du Sultan de Bockora,
que pour être instruit plus parti-
culierement de sa maniere de faire la guerre, il résolut de lui
aller offrir ses services. Kobad
charmé de la bonne mine de
Zem-Alzaman, qui se presenta à
lui sous le nom d'Edris, le reçut
avec un extrême plaisir, & ce
jeune Prince fit de si grands prodiges de valeur dans la bataille
que Kobad presenta au Sultan,
qu'on ne parla plus dans l'armée
que du brave Edris, qui dans ce
jour sauva deux fois la vie à Ko-

bad, & fut cauſe par ſes belles
actions, de la victoire la plus complette que l'on pût remporter.

Al-Alma inſtruite par un courier
que lui envoya ſon frere, de l'extrême bravoure de mon maître,
le regarda comme un homme envoyé du Ciel, non-ſeulement
pour la délivrer des mauvaiſes
intentions du Sultan de Bockora,
mais encore comme un inſtrument propre à détruire celui de
Kaſgar, & à oppoſer au Prince
Zem-Alzaman ſon fils; & dans
le deſſein de vengeance qu'elle
ne perdoit pas de vûe, elle écrivit à ſon frere de ne rien négliger pour engager Edris à venir
juſqu'à Samarcand, recevoir les
récompenſes qu'il méritoit avec
tant de juſtice. A cette propoſition le Prince ſe trouva fort em-
barraſſé; mais feignant beaucoup
de modeſtie, il ne voulut rien
promettre de poſitif, & aſſura

seulement Kobad qu'il ne forti-
roit pas des Etats de la Reine, fans
aller l'affurer de fes refpeéts.

Zem-Alzaman, que dorénavant
je nommerai toujours Edris, nous
témoigna l'embarras où il fe
trouvoit ; cependant ayant fait
reflexion qu'il n'étoit fûrement
pas connu dans cette Cour, après
avoir parcouru quelques Villes
du Mavaralnahar, il prit la réfolution de fe rendre à Samarcand.
Nous approchions d'une forêt
qui n'eft qu'à deux lieuës de cette
Ville, lorfque fatigué du voyage,
le Prince réfolut d'y prendre quelque repos ; pour cet effet, il quitta
la grande route, & cherchant l'endroit le plus écarté, il entendit le
bruit d'un petit ruiffeau qui couloit agréablement fur quelques
cailloux ; il le fuivit jufqu'à fa fource, qui à cent pas de-là formoit
une fontaine ruftique, & ayant
trouvé ce lieu très-commode

pour y paſſer quelques heures , il
y mit pied à terre , & nous ayant
ordonné de nous éloigner , il ſe
coucha ſur l'herbe , & ceda bien-
tôt au ſommeil qui l'accabloit.

Pendant que le Prince dormoit
tranquillement , Zendheroud ,
dont l'exercice de la chaſſe faiſoit,
comme je l'ai déja dit , la principale occupation , parcouroit la
forêt où nous étions , montée ſur
un des plus beaux chevaux de
l'Arabie : l'ardeur avec laquelle
elle pourſuivoit un Chevreuil, lui
ayant fait prendre une route differente de celle de ſa ſuite , elle
s'en écarta de maniere , qu'elle
ne s'apperçut de ſon erreur , que
lorſqu'elle eut atteint la bête
qu'elle perça de ſon dard. Elle
méditoit alors de retourner ſur ſes
pas, quand ſe voyant proche de
cette fontaine , qui lui étoit très-
connuë , elle réſolut d'y aller
étancher la ſoif dont elle étoit

preſſée ; elle mit pied à terre ,
attacha ſon cheval à un arbre , &
prit le chemin qui y conduiſoit ;
mais elle n'eut pas fait cinquante
pas que le premier objet qui la
frappa , fut celui du Prince de
Kaſgar , qui dormoit ſi profondément , qu'il ne s'éveilla point au
bruit qu'elle fit en s'approchant
de lui. Si d'abord Zendheroud fut
ſurpriſe à une rencontre ſi peu
attendue , les avantages qu'elle
avoit au-deſſus des perſonnes de
ſon ſexe , la raſſurerent bientôt ;
d'ailleurs , une ſimpathie ſecrette
l'empêchant de ſe retirer de ces
lieux , elle conſidera d'abord avec
attention , & enſuite avec émotion le Prince mon maître ; il
n'avoit pas alors plus de vingt ans ;
& comme aucun des déplaiſirs
qu'il a reſſenti depuis , n'avoit encore alteré ſa beauté & ſa bonne
mine , la Princeſſe ne put diſcon-
venir en elle-même , qu'elle n'a-

P iiij

voit jamais rien vû de ſi parfait ;
mais enſuite détournant ſes regards de deſſus un objet qui les
attiroit avec violence, elle ſou-
pira, & prenant trop d'interêt à
ce bel Inconnu, elle ſouhaita du
moins, que ce fût à lui à qui elle
pût avoir obligation de la mort du
Sultan de Kaſgar & de ſon fils,
& qu'il fût deſtiné du Ciel pour
une vengeance qu'elle ſouhaitoit
avec tant de paſſion : elle s'arrê-
toit à ces reflexions, lorſque le
Prince s'éveillant fut frappé &
ébloüi de la vûë de la Princeſſe à
un point, que ſe relevant & ſe
jettant à ſes pieds ſans balancer :
Pardonnez, Madame, lui dit-il, la
temerité d'un Etranger qui ignoroit que vous honoraſſiez ces
lieux de votre preſence ; informé
du reſpeَct qu'il doit à votre ſexe, il
n'auroit pas été aſſez hardi pour ſe
preſenter ainſi à vos yeux. La vûë
d'hommes faits comme vous, dit

alors Zendheroud, m'est de trop
bon augure, pour que je m'offense
de leur rencontre : levez-vous,
Seigneur , c'est la Princesse de
Samarcand qui vous en prie.

XXXI. SOIRE'E.

Suite de l'Histoire de Zem-Alza-
man Prince de Kasgar , & de
Zendehroud Princesse de Sa-
marcand.

ON ne peut concevoir quelle
fut la surprise & la joie du
Prince en ce moment. Vous êtes
l'incomparable Zendehroud, reprit-il avec étonnement ? Ah
Madame, que je me sçais bon gré
d'avoir employé mes armes contre
vos ennemis ! & que je m'estime-
rois heureux , si par quelques services que j'ai tâché de vous rendre, le nom d'Edris étoit déja

parvenu jufqu'à vous ! Au nom
d'Edris, Zendheroud treffaillit ;
elle recula quelques pas, & ne
put voir fans beaucoup de joye
que celui de qui l'air charmant
venoit de la foumettre à l'empire
de l'amour, étoit encore plus digne de cette fortune par fa valeur
que par le merite de fa perfonne ;
elle tâcha cependant de fe remettre de la furprife de fes fens, &
prenant la parole à fon tour : Seigneur, lui dit-elle, je n'ai point
de peine à vous croire le brave
Edris, à qui cette Couronne a
tant d'obligation ; le portrait que
l'on m'avoit fait de votre perfonne,
eft encore fort au-deffous de ce
que je vois en vous... Pendant
que le Prince & la Princeffe
étoient dans cette converfation,
la fuite de la chaffe l'ayant re-
jointe, Kobad qui étoit de la partie, n'eut pas plutôt reconnu
Edris, que fautant en bas de fon

cheval, & courant à lui les bras
ouverts, il lui fit mille careſſes,
ordonna qu'on lui rendît tous les
honneurs imaginables ; & l'ayant
invité de venir à Samarcand, le
Prince remonta ſur ſon cheval que
je lui préſentai, & marcha toujours
à côté de la Princeſſe qu'il entre-
tint pendant tout le chemin.

Al-Alma qui avoit ardemment
ſouhaité la vûë de ce Heros,
qu'elle eſperoit engager à la ſervir
dans la guerre qu'elle méditoit
contre le Sultan de Kaſgar, reçut
Edris avec toutes les marques
d'eſtime & de conſideration qu'elle eût pu donner aux plus grands
Princes de la terre ; elle n'oublia
rien pour lui marquer la plus vive
reconnoiſſance qu'elle avoit de
ſes ſervices, & le Prince s'acquit
en ſi peu de tems toute ſon affection, que jamais favori ne s'étoit
rendu ſi puiſſant ſur l'eſprit d'aucun ſouverain. Comme mon Maî-

tre étoit très-prevenant , il fetfi
bien-tôt aimer de tous les Sujets
de la Reine ; & fi quelqu'un en-
via fon bonheur , ce ne furent que
quelques Princes , qui afpirant à
la poffeffion de Zendheroud & du
trône , craignirent que la Reine ,
aveuglée fur le compte de cet
inconnu , ne lui donnât la prefe-
rence fur eux ; leur crainte étoit
d'autant plus jufte , que cette fiere
Princeffe , qui ne les avoit jamais
favorifé d'un regard qui leur pût
donner la moindre efperance ,
fembloit fe plaire infiniment dans
la compagnie d'Edris. Il n'avoit
pourtant pas encore ofé faire connoître fa paffion à Zendheroud ,
lorfqu'un foir fe promenant avec
elle dans les jardins du Palais ,
elle le fit affeoir à fes côtés ; &
fes efclaves s'étant par refpect ,
éloignées de quelques pas : Seigneur , lui dit-elle , en lui mon-
trant une fontaine , qui couloit en

face du berceau, fous lequel elle
étoit, c'eft dans un lieu prefque
femblable à celui-ci, que j'ai vû la
premiere fois le brave Edris. Vous
pourriez ajouter, reprit mon Prince avec vivacité, que ce fut auffi
dans cet endroit qu'il laiffa fa
liberté aux pieds de la divine
Princeffe de Samarcand, & qu'il
s'y chargea des glorieufes chaînes
qu'il veut porter jufqu'au tombeau. Quoique la Princeffe ne fût
pas fâchée d'une pareille déclaration, elle rougit, baiffa les yeux
en terre, & ne les ofant lever fur
le vifage d'Edris, ce Prince qui
obfervoit fa contenance, y remar-
quant plus de pudeur que de fierté
& de colere, en devint plus hardi
qu'auparavant : Belle Zendheroud, lui dit-il, fi je vous ai offenfé,
ordonnez du genre de mort qui
dóit punir mon audace ; mais
foyez bien perfuadée, que cet
Edris, qui fans s'être fait connoî-

tre que par son épée, a osé lever
les yeux jusques sur la Princesse
de Samarcand, n'est pas indigne
de lui appartenir. Ma naissance ne
cede ni à la vôtre, ni à celle des
autres Princes qui sont à votre
Cour; mais pardonnez, si pour
le present je ne puis vous en dire
davantage; j'ai des raisons essen-
tielles pour garder là-dessus un
silence que le tems justifiera.

Edris, dit alors la Princesse,
nous vous avons assez d'obligation, pour ne vouloir pas exiger,
que vous me déclariez ce secret;
mais si ce que vous me dites est
véritable, Zendheroud ne sera jamais qu'à vous. La Princesse fut si
émue de ce qu'elle venoit de dire,
qu'elle fut quelque tems sans parler; ensuite reprenant la parole,
ah! Edris, lui dit-elle, que viens-
je de vous avouer? Pouvois-je oublier que je ne devois pas disposer
de mon cœur, & qu'il n'est desti-

né, aïnſi que ma main, que pour celui qui mettra aux pieds de ma mere la tête du Sultan de Kaſgar.

Ces dernieres paroles troublerent un peu Edris, cependant il ſe remit promptement, & pour empêcher la Princeſſe de remarquer l'alteration qui étoit ſur ſon viſage: Madame, lui dit-il, je n'ai pas ignoré juſqu'ici les conditions auſquelles s'engagent ceux qui aſpirent à la gloire de vous poſſeder, & quoiqu'il paroiſſe beaucoup de préſomption dans ce que je vais vous dire, je vous promets de ne demander la poſſeſſion de l'incomparable Zendheroud, que pour le jour que je mettrai ſur ſa tête la couronne de Kaſgar.

Quoique la Princeſſe n'entendît point le ſens des promeſſes du Prince, la confiance avec laquelle il lui parloit, lui perſuadoit la grandeur de ſa naiſſance; & cherchant en elle-même les noms des

plus puiffans Princes de tout l'O-
rient, defquels elle exceptoit
Zem-Alzaman par la haine qu'elle lui portoit, elle n'avoit garde
de s'imaginer qu'Edris & lui ne
fuffent qu'une même perfonne.
Enfin Zendheroud extrêmement
émûe d'une pareille converfation,
fe leva de deffus fon fiége, fes
femmes fe rapprocherent, & elle
fe retira dans fon appartement,
dans lequel elle paffa la nuit avec
beaucoup d'agitation.

A peine le jour parut-il, que la
Princeffe voulant rendre graces
au Prophete de l'arrivée d'Edris
dans fes Etats, elle réfolut d'aller
pour cet effet à la principale Mofquée de Samarcand; elle en prit
le chemin avec fa fuite, & comme elle alloit y entrer, elle apperçut beaucoup de monde à la porté, & une femme affez âgée qui
faifoit retentir l'air de fes cris. Elle
fit écarter le peuple, & s'étant ap-
prochée

prochée de cette femme, elle lui
demanda la cauſe de ſa douleur.
Hélas ! Madame, répondit la
vieille en fondant en larmes, je
n'avois qu'un fils, & je viens de le
perdre par ſon obſtination. Un
vieux Calender à qui j'ai donné
l'hoſpitalité cette nuit, voyant
qu'il ſe préparoit à monter à cheval pour aller ſe promener avec
ſes amis, a fait ſon poſſible pour
l'empêcher de ſortir de la maiſon.
Vous êtes menacé, lui a-t'il dit,
aujourd'hui d'un grand malheur ;
vous pouvez l'éviter en reſtant ici :
remettez à demain votre prome-
nade, & ſoyez ſûr qu'en ſuivant
mon conſeil vous aurez des jours
longs & heureux, & que vous
ferez à l'abri de la malheureuſe
deſtinée qui vous attend dans les
rues de Samarcand. Mon fils n'a
fait que rire de cette prédiction ;
il a tourné le Calender en ridicule,
& ſautant ſur ſon cheval, il eſt

forti de ma maifon fans écouter
mes prieres ni mes larmes, & courant à toute bride il n'eſt pas plutôt
parvenu à cet endroit, que fon
cheval fe cabrant s'eſt renverſé
deſſus lui, & lui a briſé la tête
contre la porte de la Moſquée.

Zendheroud étonnée d'une pareille prédiction, confola de fon
mieux cette mere affligée, dont
le fils expira dans le moment.
Elle donna fes ordres pour le faire
reporter dans fa maifon, & ayant
chargé un de fes efclaves d'engager le Calender à venir la trouver
à fon Palais au retour de la priere,
l'efclave s'acquitta fi bien de fa
commiffion, qu'elle trouva en y
rentrant le Calender qui attendoit
fes ordres. Bon Vieillard, lui
dit-elle alors, ce que l'on m'a
raconté ce matin à votre fujet,
me furprend infiniment. Eſt-il
poffible que le jeune homme chez
qui vous avez paſſé la nuit, n'a

perdu la vie que pour n'avoir
pas voulu fuivre votre confeil ?
Cela eft vrai, Princeffe, répondit
modeftement le Vieillard. J'ai
toute ma vie fait une étude particuliere de la phifionomie, & par
des principes prefque fûrs, j'avois
prévû le malheur dont cet étourdi
étoit menacé.

La Princeffe ayant fait alors
éloigner ceux de fa fuite : Sage
Vieillard, lui dit-elle, puifque
vous avez acquis une fcience fi
profonde à l'infpection feule du
vifage, pourriez-vous m'inftruire
de ce que je dois craindre ou
efperer. Madame, reprit le Calender, après l'avoir regardée fixement, quoiqu'il y ait fouvent du
danger à dire la verité aux Princes,
je ne vous cacherai point ce que je
penfe à votre fujet. Vous joignez
à une grande beauté, un courage
encore plus grand ; mais toutes vos
bonnes qualités font quelquefois

O ij

ternies par des mouvemens de colere qui deshonorent votre sexe,
dont le partage doit être la dou-
ceur & la moderation. Faites-y
une extrême attention. Heureuse,
si la tendresse que vous a inspiré
un jeune Heros digne de vous, ne
vous devient pas funeste par cet
endroit, & si la violence de vos
passions, en causant tous les malheurs de votre vie & de la sienne,
n'est pas un obstacle à l'acquisition
d'une Couronne qu'il se prepare
à vous mettre sur la tête.

XXXII. SOIRE'E.

*Suite de l'Histoire de Zem-Alza-
man Prince de Kasgar, & de
Zendheroud Princesse de Samarcand.*

LA Princesse fut si frappée de
l'horoscope du Calender,
qu'elle en resta dans une extrême

surprife. Elle lui fit préfent de cent pieces d'or, & fe renfermant dans fon cabinet, elle s'abandonna au plaifir de voir que les prédictions de ce vieillard s'accordoient parfaitement avec les fentimens de fon cœur; & comme elle n'avoit à craindre pour obftacle à fon bonheur que les bouillans accès de fa colere, ell fe promit bien de gagner fur el de fe vaincre dans toutes les occafions où cette violente paffion voudroit prendre quelqu'empire fur fon ame.

Pendant que Zendehroud faifoit de fi agréables réflexions, la Reine fa mere uniquement occupée de fa vengeance, ne fongeoit qu'aux préparatifs d'une guerre cruelle contre le Sultan de Kafgar. Secondée par le brave Edris & par plufieurs Princes qui afpiroient tous à l'hymen de la Princeffe, elle comptoit fur une victoire prefque certaine ; & s'entretenant un foir avec eux de la maniere dont elle prétendoit attaquer le Sultan, l'un de ces Princes fe vanta de fuffire feul avec fes Troupes pour défoler les Etats de Fraydoun : un autre promettoit de lui apporter dans peu la tête de ce Monarque, & le plus modeſte d'eux tous affuroit qu'il conduiroit le pere & le fils chargés de chaînes aux pieds de la Sultane, & la rendroit maîtreffe abfolue de leur deftinée.

Quoique la paſſion de la Reine lui fit écouter toutes ces bravades avec beaucoup de fatisfaction, elle s'apperçut que mon Maître qui gardoit le filence, fembloit par un ris moqueur, méprifer les préfomptueufes promeffes de ces Princes : Et que dit à cela le brave Edris ? reprit-elle. Rien, Madame, repliqua-t'il en riant. Si ces Princes executent leurs projets,

mon secours vous est tout-à-fait
inutile, & il y a apparence que je
les regarderai faire. Cependant,
Madame, s'il m'étoit permis de
vous dire ce que je pense, je ne
crois pas la conquête du Royaume de Kasgar si facile, & quelles
que soient vos forces, & celles
des Princes, je vous conseille de
n'oublier rien de ce qui peut vous
être utile dans une entreprise de
cette nature ; je crois connoître
Fraydoun, en valeur, en expe-
rience, & en generosité il ne le
cede à aucun Monarque du monde. J'ai vû le Prince Zem-Alzaman son fils dans l'action, & j'ose
assurer Votre Majesté qu'il est
brave, & que dans un jour de
combat, il peut inspirer de la
frayeur aux plus intrépides.

Karib-Schak, l'un des Princes
qui étoit attaché à la Princesse,
jettant alors sur Edris un regard
qui marquoit tout son ressenti-

ment : il femble, lui dit-il, que
vous vouliez nous intimider par
les louanges outrées que vous
donnez aux ennemis de la Reine;
mais fçachez que loin de le craindre, il n'y a aucun de nous qui ne
s'eftime autant qu'eux, & qui ne
fe croye affez puiffant pour fuffire
feul à détruire un Monarque dont
vous élevez un peu trop haut la
bravoure & les forces.

Je demande excufe à la Reine
de ma fincerité, repliqua Edris,
j'ai crû devoir lui apprendre des
verités dont je fuis informé par
moi-même, je n'en fuis pas moins
zelé pour fon fervice; je lui en ai
déja donné des preuves, & fi
nous nous trouvons en campagne
contre fes ennemis, nous verrons
qui les abordera avec plus de
courage, ou de ceux qui les
louent, ou de ceux qui les mépri-
fent. La converfation commençoit à s'aigrir par de pareils difcours,

cours, lorfque la Reine fut obligée d'interpofer fon autorité :
Prince, leur dit-elle, je fuis perfuadée qu'Edris n'a point intention
de vous offenfer, il parle conformément à ce qu'il a vû, & je vous
prie de ne vous point piquer mal-
à-propos contre un homme dont
j'ai reçû des fervices fi effentiels,
que je ne puis trop lui en témoigner ma reconnoiffance : fongez
plûtôt à faire approcher les fecours que vous m'avez promis,
& difpofons-nous tous de con-
cert à détruire un ennemi digne
de toute ma haine.

Pendant que chacun des Princes étoit allé lui-même faire
avancer fes Troupes vers les frontieres de Kafgar, Kobad qui avoit
conçu une eftime toute particuliere pour mon Maître, voulut
fe l'attacher par des liens plus
forts que ceux de l'amitié ; &
comme il avoit une fille unique

Tome II. R

d'une rare beauté, il proposa au
Prince de la lui accorder pour
son épouse. Jamais on n'a été
dans un plus grand embarras
qu'Edris le fut en ce moment.
Après l'engagement secret qu'il
avoit avec la Princesse de Samarcand, il ne devoit pas accepter cette proposition, il ne pouvoit pas aussi la refuser sans craindre d'offenser mortellement un
Prince, qui, sans le connoître
que par ses belles actions, lui
offroit une Princesse dont le plus
puissant Monarque de l'Orient
se seroit trouvé honoré de devenir l'époux. Il fut donc obligé de
dissimuler son déplaisir, & sans
rien répondre de positif, il se re-
trancha sur sa modestie, & reçut
les offres de Kobad avec beaucoup de respect, résolu de com-
muniquer à la Princesse, le plus
promptement qu'il lui seroit pos-
ble, la cruelle situation où il se
trouvoit.

Kobad croyant être sûr du consentement d'Edris, courut tranfporté de joie chez la Reine ; elle
étoit dans son cabinet avec Zendehroud : Madame, lui dit-il,
en se jettant à ses pieds, Edris a
trop rendu de services à Votre
Majesté & au Royaume, pour ne
l'en pas récompenser dignement.
Je me suis chargé de ce soin ;
j'ai trouvé le secret de vous l'attacher sans reserve, de bannir par
ce moyen la jalousie des Princes,
& de le mettre à la tête de vos
Armées, sans qu'ils en puissent
murmurer. Quel est ce moyen,
reprit la Reine avec précipitation ? Je viens, continua Kobad,
sous votre bon plaisir, de lui proposer la Princesse Darejan ma fille pour épouse, & s'il a paru recevoir ces offres avec modestie,
j'ai cru voir dans ses yeux tant de
reconnoissance de l'honneur auquel je veux bien l'élever, que

R ij

je dois m'applaudir de l'acquifition que je fais de ce jeune Heros pour mon gendre, fi Votre
Majefté veut bien approuver mon
choix.

Mon frere, reprit la Sultane
de Samarcand, à quelque puiffant parti que ma niéce puiffe
prétendre, comme je crois que
celui que vous lui deftinez l'em-
porte fur eux par le merite & par
la valeur, je ne puis défapprou-
ver un choix que j'aurois fait moi-
même pour la Princeffe ma fille,
fi Edris étoit d'une qualité à pouvoir y afpirer. Je vous félicite même de penfer avec tant de nobleffe,
& de faire plus de cas de la vertu
toute nue, que des grands titres
qui font fouvent dénués du mérite qu'il faut pour les foutenir.
De quelque douleur que Zendehroud fe fentît pénétrer en ce
moment à une nouvelle fi peu
attendue, elle ne crut pas devoir

garder le silence en cette occasion : Seigneur, dit-elle à Kobad, j'ai ouï dire qu'Edris pré-
venu d'une violente inclination
pour une personne dont il étoit
tendrement aimé, faisoit tout son
bonheur d'être uni avec elle :
Etes-vous bien assuré qu'il con-
sente sincerement à accepter
l'honneur que vous lui faites ? Si
je n'en étois pas bien certain,
reprit Kobad, je n'aurois pas de-
mandé le consentement de la
Reine pour ce mariage ; & s'il a
quelque passion dans le cœur,
ce doit être pour la Princesse Darejan ma fille, qui la lui a inspi-
rée : comme j'ai cru m'apperce-
voir qu'il l'avoit vûe plusieurs fois
avec plaisir, & que ma fille paroissoit charmée de la bonne mine & de la valeur de ce jeune
Heros, j'ai compté ne pouvoir
mieux faire que d'unir deux cœurs
si disposés à s'aimer, & je ne dou-

R iij

te pas qu'à l'heure que je vous parle, le brave Edris ne soit allé lui témoigner une partie des transports, qu'il n'a pas crû devoir laisser échaper devant moi lorsque je lui ai annoncé un bonheur si inesperé.]

. Si Kobad qui se flattoit que mon Maître avoit reçu sa proposition avec beaucoup de plaisir, faisoit cette réponse à Zendehroud sans aucun artifice, cette Princesse eut besoin de toute la grandeur de son courage pour cacher le trait mortel que le Prince son oncle venoit de lui porter; mais quel fut l'excès de sa rage, lorsqu'en traversant la salle par où elle se retiroit à son appartement, elle apperçut Edris qui paroissoit aux genoux de la Princesse ! Cette vûe ayant redoublé sa fureur, elle passa brusquement à sa chambre, sans jetter les yeux sur mon Maître, & s'y abandonnant à tout ce que le plus vif reffentiment pouvoit produire en elle de plus violent : Quoi ! s'écria-t'elle, le perfide Edris m'abandonne pour Darejan, lui que j'ai préféré dans mon cœur à tant de grands Princes, & cet Edris, qui devoit mettre à mes pieds la Couronne de Kafgar, n'eft qu'un ingrat qui me facrifie à la premiere lueur d'une fortune brillante. Malheureufe Zendehroud ! voilà donc le fruit de ta fotte crédulité, & de la facilité avec laquelle tu t'es laiffée féduire aux difcours d'un impofteur. Ah ! monftre d'ingratitude, avec de tels fentimens tu n'es pas né Prince, & je fçaurai bien te punir de la lâcheté que tu viens de faire paroître à mes yeux.

Pendant que la Princeffe de Samarcand étoit dans cette cruelle agitation, l'efclave qui avoit coutume, d'introduire quelquefois mon Maître dans fon appartement, fans

même l'annoncer entra avec lui.
Ce Prince étoit dans un desordre
si touchant, que sans faire attention à la situation de la Princesse,
il se jetta à ses pieds, & il alloit lui
expliquer de quelle maniere il
avoit été obligé de recevoir les
propositions de Kobad, & que la
Princesse Darejan s'étant trouvée
mal dans la salle par où elle venoit de passer, il avoit été dans
la nécessité de la soutenir, & de
la reconduire jusqu'à son appartement. Mais Zendehroud sans
lui en donner le tems, se levant
avec des yeux étincelans de fureur : Traître, lui cria-t'elle, es-
tu bien assez hardi pour te montrer encore devant moi ? Miserable Inconnu, sors de ma présence, vas porter ailleurs tes noires
trahisons ; cherche une alliance
plus convenable à un monstre tel
que toi, & ne te présente jamais
à mes yeux, si tu ne veux que je

lave dans ton sang l'affront que tu
viens de me faire. Après ces paroles prononcées avec toute la
pétulance possible, la Princesse
sans vouloir permettre qu'Edris
ouvrît la bouche pour se justifier,
se retira dans un arriere cabinet,
& en ferma busquement la porte
sur elle.

Jamais étonnement ne fut égal
à celui du Prince : il ignoroit que
Kobad eût déja vû la Reine, &
croyoit annoncer à la Princesse
une nouvelle qui lui causeroit autant d'embarras qu'à lui-même ;
mais pénetré d'une douleur mortelle à une reception aussi peu
attendue, il se retira sans sçavoir
précisément la cause de son malheur, & rentra chez lui dans un
état si digne de pitié, que nous
en fûmes dans une allarme inconcevable. Le Prince après s'être
jetté sur un sopha, qu'il mouilla
de ses larmes, alloit m'expliquer

le sujet de son affliction, lorsque
l'on heurta à la porte ; j'y courus
promptement, & lui ayant ame-
né l'esclave qui étoit ordinairement chargé des ordres de la Princesse, il lui remit une Lettre dans
laquelle il lut ces paroles.

N'entreprens point , perfide , de
te justifier , sors dans le moment mê-
me de Samarcand , & ne me force
point à me porter contre toi à des
extrêmités que tu dois craindre , s'il
te reste encore quelqu'ombre de vertu,

Mon maître fut si surpris de la
dureté du stile de cette Lettre,
qu'il en pensa sur le champ expirer
de douleur. Dites à Zendehroud,
répondit-il à l'esclave, que j'o-
béirai à ses ordres, quelqu'injus-
tes qu'ils puissent être ; alors suc-
combant à son affliction, il se ren-
versa sur son sopha, & fut sans
connoissance pendant plus d'une

demie heure. Nous fondions en
larmes, le feul homme qu'il avoit
à fon fervice & moi, & après lui
avoir donné tous les fecours né-
ceffaires pour le faire revenir de
l'état déplorable où il étoit, il
n'eut pas plûtôt repris l'ufage de
fes fens, que ramaffant la Lettre
de la Princeffe qu'il avoit laiffé
tomber, & que j'avois eu le tems
de lire, il m'ordonna de lui préparer des chevaux pour partir à la
pointe du jour. J'executai fes ordres avec ponctualité, & étant
monté à cheval, nous fortîmes
de Samarcand fans fçavoir quelle
route nous allions prendre : cependant le Prince ayant fait réfléxion que le Sultan fon pere pouvoit dans peu avoir befoin de lui,
nous tournâmes nos pas du côté d eKafgar.

Si Zendehroud étoit accablée
de douleur de fa cruelle fituation,
il y a lieu de croire que la prom-

pte obéiſſance du Prince la fit rentrer en elle-même, & que con-
noiſſant par-là combien elle pouvoit avoir eu tort de l'avoir traité
ſi durement, elle ne fut pas long-
tems ſans ſe repentir de n'avoir
pas ſuivi le conſeil du vieux Calender ; mais il n'y avoit plus de
remede ; comme elle ſeule pouvoit pénetrer la cauſe de l'abſence d'Edris, elle n'avoit garde de
la faire connoître à la Sultane ſa
mere & à Kobad, qui l'un & l'autre étoient dans une inquiétude,
d'autant plus grande de ſa diſparu-
tion, que les Princes qu'ils avoient
engagé dans leur querelle, firent
dire à la Reine que leurs Troupes marchoient vers la frontiere
de Kaſgar.

XXXIII. SOIRE'E.

*Suite de l'Hiſtoire de Zem-Alzaman
Prince de Kaſgar, & de Zendehroud Princeſſe de Samarcand.*

FRaydoun averti que l'armée
de la Reine & de ſes Alliés
s'avançoit vers ſon Pays, ne crut
pas devoir ſe laiſſer ſurprendre :
comme il ſçavoit les pratiques ſe-
cretes qu'Al-Alma faiſoit depuis
long-tems pour lui ſuſciter des
ennemis, il avoit toujours entre-
tenu ſur ſa frontiere une armée
toute prête à lui oppoſer, & ſi
quelque choſe l'allarmoit, c'é-
toit l'abſence du Prince Zem-
Alzaman. L'éloignement d'un
fils qui lui étoit ſi néceſſaire, rem-
pliſſoit ſon ame d'amertume ; &
comme il étoit perſuadé de la

bonté de fon cœur, il craignoit
que quelque trifte accident ne le
lui eût enlevé pour toujours : cependant s'étant campé d'une maniere à profiter de l'avantage du
lieu , il attendit fierement l'arrivée des Troupes de la Reine de
Samarcand. Il me feroit difficile
de vous faire le détail d'une Bataille dont je ne fçais quelques
particularités, que par le récit que
j'en ai entendu faire ; qu'il vous
fuffife , Mefdames , de fçavoir
que l'armée de la Reine, y compris les Troupes qu'avoient ame-
né les Princes , étoit compofée
de près de cent mille hommes ,
que Fraydoun n'en avoit pas plus
de foixante & dix mille , & que
malgré cette inégalité , il n'hefita
pas à lui livrer la Bataille. La plaine fut bientôt couverte de corps
morts , la campagne ruiffeloit de
fang , l'air retentiffoit des cris &
des gemiffemens des bleffés &

des mourans, les Soldats de Fraydoun ployoient tantôt sous l'effort des ennemis, un moment
après ceux de la Reine lâchoient
le pied, le désordre & la confusion commençoit à se mettre dans
les deux armées ; il y avoit déja
plus de six heures que l'on combattoit, sans qu'on pût sçavoir lequel des deux partis avoit l'avantage, & les Princes impatiens de
se signaler aux yeux d'Al-Alma
& de Zendehroud, faisoient des
efforts si extraordinaires, qu'ils
alloient peut-être faire pancher
la victoire de leur côté, quand
Fraydoun tout couvert du sang
de ses ennemis, s'étant attaché
au Prince Karibschak, il attira
contre lui tous les autres Princes,
qui se disputoient l'avantage de
le priver de la vie. Quelque valeur que ce Monarque témoignât,
il étoit presque impossible qu'il
ne succombât pas sous tant d'en-

nemis, qui n'en vouloient qu'à lui seul, lorsque l'on vit tout d'un coup paroître dans son armée un gros de trois mille Cavaliers, conduits par un homme vêtu d'une robbe noire, & le visage couvert d'un voile, qui entrant dans le fort de la Bataille avec une extrême impétuosité, apporta beaucoup de désordre dans l'armée de la Reine. Les Princes & Karibschak, à l'envi l'un de l'autre, cherchoient à finir l'action par la mort du Sultan de Kasgar, & l'un d'eux qui avoit le bras levé, alloit lui fendre la tête par derriere, lorsque ce nouveau Guerrier qui venoit de faire changer l'état du combat, ayant poussé vers cet endroit avec une furie extraordinaire, abbatit le bras de ce Prince, en tua deux autres de deux coups de son cimeterre, & semblable à la foudre, ou du moins à quelque chose de plus

terrible

terrible qu'à un mortel, renverfa
tout ce qui fe trouva devant lui;
alors le gros de Cavalerie qui le
fuivoit, ayant fait retentir le nom
du Prince Zem-Alzaman, ce
nom feul infpira tant de courage
aux Soldats du Sultan de Kafgar,
& une fi grande terreur aux ennemis, que les derniers tourne-
rent le dos dans le moment
même.

Karib-Schak refté feul des
Princes venus au fecours de la
Reine, étoit forcené de rage; il
avoit beau faire fes efforts pour
animer fes Troupes, Zem-Alzaman & les fiens en firent un fi
grand carnage, que ce Prince
fut obligé de fuivre le torrent,
& d'éviter par la fuite une mort
certaine.

La nuit qui approchoit, empêcha de pourfuivre les fuyards,
qui auroient tous été taillés en
pièces, & le combat auroit pû

durer quelques heures de plus; mais Zem - Alzaman ayant fait sonner la retraite, plûtôt par considération pour la Princesse, que par rapport à l'obscurité qui commençoit à regner, il alla rejoindre Fraydoun, qui ne sçavoit quelles caresses faire à un fils à qui il étoit redevable de la vie & du succès de cette journée.

L'on peut juger de la consternation qui regnoit dans l'armée de la Sultane de Samarcand. Retranchée dans son camp autant qu'elle le put, elle tint conseil à la pointe du jour, & elle avoit résolu de demander la paix à Fraydoun; lorsque Karibschak s'y opposa : Madame, lui dit-il, il n'y a encore rien de désesperé; nous étions prêts à remporter la victoire sur le Sultan de Kasgar; lorsque le Prince son fils, par son arrivée imprévûe, & par une valeur dont on ne peut parler sans admiration, a fait changer l'état des choſes : c'eſt donc, pour ainſi dire, en lui ſeul que réſide aujourd'hui toute la force & toute la confiance du Sultan ; eh bien, Madame, c'eſt à lui à qui je veux m'attacher ; je vais lui envoyer un défi de ſe battre ſeul à ſeul avec moi ; quelque brave qu'il puiſſe être, je ne me ſens pas moins de courage que lui ; je me flatte de vous délivrer par ſa mort de l'ennemi le plus redoutable que vous ayiez, & de mériter la main de la Princeſſe Zendheroud, par une victoire que je crois être ſeul capable d'obtenir.

Pendant que Karibſchak parloit ainſi, & s'applaudiſſoit par avance de la réuſſite du combat, mille cris de joie firent retentir dans le camp de la Reine le nom d'Edris. La Reine à cette nouvelle, & ſans répondre à Karibſchak, courut au-de-

vant de mon maître; & l'embraffant avec la derniere tendreffe : Edris , lui dit-elle , en
verfant des larmes en abondance, fi vous aviez été hier parmi
nous, les troupes de Fraydoun
n'auroient pas eu fur mon armée
un avantage dont je ne puis me
relever; mais puifque je vous retrouve , je vous avoue que je fens
renaître toutes mes efperances.

Madame , répondit Edris avec
beaucoup de modeftie , la né-
ceffité indifpenfable de mes affaires , qui m'a fait éloigner de
Samarcand lorfque j'ai cru vous
être inutile , n'a pû m'empêcher
de revenir auprès de vous fi-tôt
que j'ai pû en trouver l'occafion.
J'agis pourtant en ce jour contre des ordres rigoureux, qui me
défendoient de paroître en cette
Cour encore fi-tôt; mais comme
j'ai cru pouvoir vous y être né-
ceffaire , je viens vous y offrir ,

quoiqu'un peu tard, tout ce qui
peut dépendre de moi. Dans la
fituation préfente de nos affaires, reprit Al-Alma, je ne croyois
pas qu'il y eût moyen de fortir
honorablement de cette entreprife, par la continuation d'une
guerre, que je craignois que
nous ne fuffions pas en état de
foutenir ; mais votre préfence
me releve le courage. Le Prince Karibfchak vient de me pro-
pofer un expedient que j'approuve, à condition que vous
partagerez avec lui la gloire de
cette action, de laquelle dépend
toute notre fortune. Je le crois
trop raifonnable pour s'y oppofer, & je le prie de permettre
que fon nom & le vôtre foient
jettés dans une urne : celui des
deux qui en fortira le premier,
engagera celui qui le porte à un
combat auffi périlleux qu'il doit
être honorable. Alors la Reine

prenant l'étonnement de Karibfchak, & le filence d'Edris pour
un confentement tacite, elle fit
écrire leurs noms fur deux morceaux de papier dep areille grandeur; & les ayant remués dans
un vafe, celui qui fut tiré fe trouva être d'Edris: Seigneur, lui
dit la Reine tranfportée de joie,
je fçais que la grandeur du péril
ne vous étonne pas; c'eft fur cette confiance, & fur la connoiffance que j'ai de votre bravoure,
que je crois que vous ne refufe-
rez pas de vous trouver en combat particulier contre Zem-Alzaman, & que vous ferez tous
vos efforts pour vaincre un Prince qui nous eft plus redoutable
que toutes les troupes de Fraydoun.

Cette propofition de faire
combattre Edris contre Zem-
Alzaman, étonna tellement mon
maître, qu'il fut quelque tems

fans répondre , & Karibfchak
profitant de ce moment, pour témoigner à la Reine combien il
étoit fenfible à l'affront qu'elle
venoit de lui faire : Madame,
lui dit - il, lorfqu'en pareil cas,
l'on héfite, c'eft figne que l'on
ne fe fent pas digne d'un choix
pareil à celui que vous venez de
faire à mon préjudice ; & il m'eft
bien dur de voir que vous me
préferiez dans votre cœur un
inconnu fans naiffance , & d'une
valeur peut-être fort équivoque ,
puifqu'il ne fe préfente qu'après
un combat, où il auroit pû donner des marques de ce courage
fi vanté par le Prince Kobad.
Edris ne put fouffrir un difcours
auffi infolent : Karibfchak , lui
dit-il, fi je ne me fuis pas trouvé à
l'action d'hier, tu dois croire
que cela m'a été impoffible ; s'il
m'avoit été permis d'y être, j'y
ferois péri, ou la Reine feroit

demeurée victorieuse, & je n'aurois pas trahi ses interêts par une fuite honteuse ; je combattrai le fils de Fraydoun, & j'ose assurer la Sultane, que si le Prince peut être vaincu, je suis le seul qui dois remporter sur lui la victoire qu'elle désire ; & quand j'en serai venu à bout, je te ferai connoître les armes à la main, qu'Edris te sera toujours superieur en naissance & en courage.

La Princesse Zendheroud, qui étoit présente à cette querelle, & qui jusqu'alors n'avoit osé lever les yeux sur Edris, crut à son tour devoir prendre la parole : Ce n'est pas, leur dit-elle, Seigneurs, dans une situation pareille à la nôtre, que vous devez vous diviser par des discours outrageans ; unissez-vous plutôt l'un & l'autre, pour détruire un ennemi, dont la valeur augmente notre haine, &

cherchez

cherchez des moyens pour que
nous puiſſions retourner avec
honneur à Samarcand. Je vous
demande pardon, Princeſſe, reprit Edris, de la vivacité que je
viens de témoigner en votre préſence & en celle de la Reine ;
mais je puis vous aſſurer que j'accepte, avec d'autant plus de ſatisfaction, l'honneur que je reçois
aujourd'hui, qu'il me donnera,
peut-être, occaſion de lui faire
voir que je ne ſuis pas indigne
de la confiance qu'elle veut bien
avoir en moi. Elle peut envoyer
de ma part le cartel à Zem-Alzaman ; s'il accepte le combat,
je ne manquerai pas demain, au
lever du ſoleil, de me trouver
dans le bois qui borde ce camp.
J'y attendrai vos ordres & ceux
de la Reine, & juſqu'à ce tems,
trouvez bon que je donne le
reſte du jour à une affaire de la
derniere importance, qui m'o-

blige indispensablement de vous
quitter. A peine le Prince eut-il
fini ces paroles, que saluant res-
pectueusement la Reine, il sortit
de sa tente ; & piquant son cheval, il s'éloigna à toute bride du
camp de la Sultane de Samarcand.

XXXIV. SOIRE'E.

Suite de l'Histoire de Zem-Alza-
man Prince de Kasgar ; & de
Zendehroud Princesse de Sa-
marcand.

LE Prince de Kasgar étant
revenu au camp de son
pere, se trouva dans un embarras extrême ; il ne sçavoit comment en sortir, & étoit prêt d'instruire le Sultan de son amour,
de se démasquer à la Reine de
Samarcand, & de lui proposer

la paix & une alliance entre la
Princesse Zendheroud & lui,
lorsqu'il se ressouvint qu'il y a-
voit parmi les gardes de Fraydoun un jeune homme fort bien
fait, & qui avoit beaucoup de
son air ; cet homme même, par
cette raison, étoit fort considé-
ré de son Commandant, qui souvent en riant, le nommoit le
Prince, à cause de sa ressemblance avec lui. Zem-Alzaman
résolut de le substituer à sa place, & d'attendre qu'on lui vînt
faire le défi de la part de la
Reine de Samarcand. Il n'y a-
voit pas quatre heures qu'il étoit
de retour, que le Herault arriva. Il fut conduit chez le Sultan, qui dans le premier mouvement, après avoir appris le sujet
de sa mission, entra dans une si
violente colere, qu'il alloit le
faire pendre, lorsque Zem-Alzaman, informé de son arrivée,

envoya prier son pere de lui accorder sa demande, & lui fit représenter, que quelqu'inégalité qui parût être entre Edris & lui, ce seroit faire une tache à sa gloire que de le refuser.

Fraydoun plein de générosité, ne put desapprouver la volonté du Prince, & Zem - Alzaman ayant fait sçavoir à la Reine, qu'il se rendroit le lendemain entre les deux camps, une heure après le soleil levé, avec mille chevaux seulement, & qu'Edris en pouvoit amener autant avec assurance de sa personne, le Herault ne fut pas plutôt parti, que le Prince envoya chercher le jeune homme qui lui ressembloit : Togrul, lui dit-il, quand il fut seul avec lui, il s'agit de me rendre un service des plus essentiels, & dont le bonheur de ma vie dépend. Alors l'ayant instruit de sa passion

pour la Princesse, de la situation
où il étoit avec elle, & de l'engagement qu'il avoit été obligé
de prendre sous le nom d'Edris,
de se combattre lui-même : Toi
seul, mon cher ami, continua-
t'il, peut me tirer de cet embarras. Prends les habits sous lesquels
j'ai paru encore aujourd'hui dans
l'Armée d'Al-Alma; ils sont assez reconnoissables, & sur-tout
par cette agraffe de Diamants,
que j'ai reçue de la main de cette
Reine. Tu partiras demain sur
mon cheval à la pointe du jour;
tu te rendras dans le bois qui est
proche du Camp, & tu y atten-
dras les ordres de cette Princesse. N'entre en conversation, s'il
est possible, avec qui que ce
soit; rends-toi avec les personn-
nes qu'elle envoyera au-devant
de toi, à l'endroit que j'ai défi-
gné pour notre combat; je m'y
trouverai sous l'habit noir que je

portai hier ; j'aurai le même
voile qui me couvroit le vifage,
& des armes émouffées, dont je
ne te porterai aucun coup que
dans des endroits où je ne pourrai te bleffer dangereufement ;
tu es adroit ; fers-toi de toute ta
capacité contre moi, je te le
permets ; & lorfque notre combat aura duré affez de tems pour
le faire croire des plus ferieux,
je te faifirai au corps, je te porterai par terre ; tu te rendras mon
prifonnier; je t'emmenerai dans
notre camp, d'où après avoir
repris tes habits, je retournerai
chez la Reine fous le nom d'E-
dris*, comme fi le Prince Zem-
Alzaman m'avoit renvoyé fur
ma parole, pour y négocier la
paix.

Togrul étoit trop honoré par
la confidence du Prince, & par
le perfonnage qu'il alloit repré-
fenter, pour ne pas accepter fans

héfiter, la propofition qu'il lui
faifoit. Après avoir paffé une
partie du jour & de la nuit dans
la tente de Zem-Alzaman, il en
fortit, fuivant fes ordres, avant le
jour, & fe rendit dans le bois
qui lui avoit été indiqué. En attendant que la Reine eût envoyé au-devant de lui, il remer-
cioit la fortune de lui avoir procuré une occafion auffi favorable de gagner les bonnes graces
de fon Prince, lorfqu'il fe vit
tout d'un coup invefti par vingt
Cavaliers, qui fondant fur lui,
avant même qu'il eût eu le tems
de fe remettre en défenfe, le per-
cerent de mille coups, & le jet-
terent à bas de fon cheval dans
un état fi affreux, qu'il en étoit
tout à fait défiguré. Ces malheureux affaffins n'avoient pas
encore affouvi toute leur rage,
lorfqu'entendant dans le bois le
pas de plufieurs chevaux, dans

T iiij

l'appréhenfion d'être furpris, ils
fe fauverent à routes jambes :

C'étoit un Officier des Gardes de la Reine, qui avec fa
Compagnie, venoit au-devant
d'Edris ; il ne fut pas plutôt arrivé
fur le lieu, où venoit de fe paffer cette cruelle execution, que
jettant les yeux fur l'homme que
l'on venoit de réduire dans un
état fi pitoyable, il crut à fa phifionomie, à fa taille & à fes habits, le reconnoître pour le brave
Edris ; & comme il étoit uni-
verfellement aimé, ces Soldats
remplirent bien-tôt le bois de
leurs plaintes, & firent retentir
de toute part le nom de ce Heros,

La Princeffe Zendehroud,
dont les premiers mouvemens
de colere avoient été fi nuifibles
à fon parti, en le privant du fecours de cet intrepide Guerrier,
n'étoit pas à fe repentir de n'a-

voir pas voulu écouter sa justifi-
cation ; elle n'avoit pas vû sans
peine de quelle maniere il avoit
parlé la veille, quoique peu in-
telligiblement , fur l'obéiffance
qu'il avoit voulu lui marquer ;
elle auroit fouhaité avoir une
explication avec lui ; & pour
cet effet elle monta à cheval
dès la pointe du jour, fous prétexte d'aller vifiter les environs
du Camp , & fe rendit dans le
bois , où elle ne doutoit pas que
le Prince ne fe dût trouver. Les
cris qu'elle entendit , le nom d'E-
dris plufieurs fois repeté avec
trifteffe, lui firent pouffer fon
cheval jufqu'à l'endroit où Togrul venoit d'être affaffiné , & l'on
peut croire qu'il s'en fallut bien
peu qu'elle n'expirât de douleur ,
en voyant celui qu'elle prenoit
pour fon Amant, verfer un torrent de fang par les playes que
fes meurtriers venoient de lui

faire : elle lui effuya le vifage
qu'il avoit fouillé de fang ; &
trompée par la reffemblance
que Togrul avoit avec le Prince, elle tomba évanouie entre
les bras de cet Officier qui étoit
caufe que les lâches Affaffins
avoient pris la fuite. Elle ouvrit
enfin les yeux quelque tems
après ; & croyant voir encore
dans Edris quelque figne de vie,
elle lui prit la main : Seigneur,
lui dit-elle en fondant en larmes, apprenez-nous du moins
quels font les monftres qui vous
ont réduit dans cet état affreux,
& foyez fûr que j'en ferai la vengeance la plus marquée . . . . .
Togrul en ce moment ayant repris fes efprits pour quelques in-
ftans, fit un effort pour parler ;
& s'imaginant peut-être que le
Prince avoit ufé de trahifon à
fon égard, Zem-Alzaman, lui
dit-il, d'une voix foible & en-

trecoupée , Zem-Alzaman.....
Il ne put en dire davantage, &
la mort en ce moment lui cou-
pant la parole avec la vie, la
Princeſſe fut penetrée d'une ſi
vive douleur, qu'elle penſa expirer avec lui. Quoi ! s'écria-
t'elle, c'eſt le barbare Prince de
Kaſgar qui a fait aſſaſſiner Edris ?
Ah ! monſtre plus cruel que les
Tigres, tu te fais bien connoître pour le digne fils du meurtrier de mon pere. Eh ! crois-
tu que je laiſſe impunie ta cruauté execrable ? Non, cher Edris,
je te vengerai, ou j'y perdrai la
vie. Tu m'as appris toi-même
le nom de ton bourreau , &
Zendehroud ne ſe contentera
pas de te pleurer comme feroit
une femme du commun ; ce
bras, qui plus d'une fois a attaqué ſans crainte les bêtes les
plus farouches, s'armera d'un fer
vengeur pour exterminer le ſce-

lerat qui t'a fait ôter la vie : je t'ai
aimé, Edris, je ne crains plus
que ce fecret devienne public,
& je te donnerai après ta mort
des preuves de cette paſſion :
mais pourquoi differer ma vengeance d'un feul moment? Ma
réfolution en eſt prife, & qu'aucun de vous ne fonge à m'en
détourner : Edris alloit combattre le perfide Prince de Kafgar;
je veux fous fes mêmes habits
lui arracher la vie, ou périr glo-
rieufement en le vengeant : je
vous défends donc à tous tant
que vous êtes, & je vous le défends, fous peine de mon indi-
gnation, de vous oppofer à mes
deffeins, ni de les traverfer de
quelque maniere que ce foit ;
que fix de vous reſtent feulement en ces lieux pour y garder ce corps précieux, jufqu'à
ce que je l'envoye enlever pour
lui faire rendre les honneurs de

la sepulture ; que le reste me
suive à l'endroit désigné pour
le combat, & que qui que ce
puisse être, ne soit assez hardi
pour faire connoître que la Princesse de Samarcand va combattre le cruel Zem-Alzaman sous
les habits d'Edris.

Zendehroud en ce moment
fit voir dans ses yeux quelque
chose de si redoutable, que l'on
fut contraint de lui obéir ; on dépouilla celui qu'elle croyoit
Edris, de sa veste, de sa robe
& de son turban, & la Princesse ayant pris dans ses habits &
dans ses armes tout ce qui pouvoit lui convenir, elle monta sur le cheval du Prince ; &
partant de ce bois la fureur
peinte sur le visage, elle arriva au lieu du combat où Zem-
Alzaman attendoit déjà avec inquietude le faux Edris.

La violence des mouvemens

qui agitoient la Princeffe, la rendoient tellement défigurée, qu'elle en étoit entierement méconnoiffable, &. Zendehroud appercevant de loin Zem-Alzaman le vifage couvert de fon voile : le perfide, s'écria-t'elle, n'ofe faire voir dans fes yeux ce qui fe paffe dans fon cœur ; mais je vais bien-tôt venger l'outrage qu'il m'a fait. Alors animée de fureur, elle pouffa fon cheval à toute bride, & fondit fur le Prince avec tant de rage, que Zem-Alzaman, qui ne s'attendoit pas à une pareille attaque, penfa en être renverfé : il fe mit en défenfe, paroit avec beaucoup d'adreffe les coups qui lui étoient portés, & ne frappant jamais que du plat de fon épée, il étoit, pour ainfi dire, honteux de témoigner en cette occafion moins de valeur que dans tant d'autres où il s'étoit trouvé.

Pendant que le Prince ména-
geoit son ennemi, Zendehroud
aveuglée de fureur, ayant porté
un coup terrible à mon maître,
il l'évita avec tant de bonheur
que son sabre tombant sur la tête du cheval de la Princesse, il
lui fit une playe, dont le sang lui
réjaillit jusques sur le visage.
Comme elle craignoit que cet
animal blessé dangereusement ne
se cabrât, elle se jetta promptement à terre, & le Prince charmé de voir celui qu'il prenoit
pour Togrul dans une situation
à pouvoir terminer le combat,
ainsi qu'il en étoit convenu avec
lui, il sauta legerement en bas
de son cheval; & s'approchant
pour le saisir au corps, la Princesse se précipita sur lui avec
tant de furie, qu'il ne put éviter
d'être blessé à la main gauche.
Zem-Alzaman supris de l'impétuosité du faux Edris, ne sça-

voit. que penfer de l'opiniâtreté
avec laquelle il fe défendoit,
lorfque Zendehroud lui ayant
fait connoître par des reproches
outrageans, que ce n'étoit pas
contre Togrul qu'il combattoit :
Qui que tu fois, lui dit-il, tu as
eu tort de me tirer d'une erreur
qui pouvoit te conferver la vie :
Alors l'ayant faifie au corps avec
une force extrême, il la renverfa par terre, & lui alloit couper
la tête, lorfque fon turban étant
tombé à terre, une touffe de
longs cheveux qui fe répandi-
rent fur fes épaules, lui ayant
effuyé le fang dont elle avoit le
vifage fouillé, lui firent reconnoître dans fon ennemi la Princeffe de Samarcand.

A cette furprife fi peu attendue, & qui augmenta encore
en voyant que Zendehroud qui
n'avoit pas quitté fon épée, faifoit tous fes efforts pour lui en

percer

percer le cœur, il crut en ce moment avoir été reconnu de la Princeſſe ; & lui tenant le bras : Ah ! Madame, lui dit-il, quelle haine ſi cruelle vous porte à de ſi étranges extrémités contre Zem-Alzaman ? Si Edris s'attira votre colere, n'en eſt-il pas aſſez puni. Au lieu de ce coupable Edris qui n'eſt plus, recevez pour époux le Prince de Kaſgar, qui vous adore ; vous trouverez en lui tous les avantages que vous ne deviez pas eſperer de rencontrer dans un inconnu.

XXXV. SOIRE'E.

Suite de l'Histoire de Zem-Alza-
man Prince de Kasgar, & de
Zendehroud Princesse de Sa-
marcand.

IL sembloit que le mauvais Génie de Zem-Alzaman lui dictât des paroles dont l'équivoque portoit la rage dans le cœur de la Princesse : Traître, lui cria-t'elle, puisque par ta noire trahison j'ai perdu Edris pour toujours ; arrache donc la vie à l'infortunée Zendheroud.

A peine la Princesse achevoit ces paroles, que les principaux Officiers de la Reine s'étant approchés du lieu du combat pour demander au Prince la vie de celui qu'ils prenoient pour Edris, ils furent dans un si grand éton-

nement de reconnoître la Princeffe, que cette nouvelle courant
de bouche en bouche, les Soldats
de la Reine mirent tous le fabre
à la main pour fa défenfe.

Pendant que Zem-Alzaman
courut à fon cheval, fur lequel il
remonta promptement, on enleva
Zendheroud, & les Troupes
commifes à la garde du Camp,
échauffées de part & d'autre,
s'étant attaquées avec beaucoup
de fureur, mon Maître fe mit à
la tête des fiennes, & animé par
la plus vive douleur & la plus
violente colere, il en fit fentir les
effets de telle forte à ceux qui
furent affez malheureux pour fe
trouver devant lui, que l'on ne
pouvoit pas s'imaginer que fes
coups partiffent de la main d'un
fimple mortel.

Il faut vous expliquer ici, Mefdames, quel étoit l'auteur du
meurtre du faux Edris, & je crois
V ij

même que vous aurez pû le soup-
çonner aisément , quand vous
vous rappellerez ce qui s'étoit
passé entre mon Maître & le Prince Karibschak ; ce dernier outré
de la conduite que la Reine avoit
tenue à son égard , de la fierté
outrageante avec laquelle Edris.
avoit repoussé ses discours mé-
prisans , & par-dessus tout cela
passionément amoureux de Zendehroud , crut qu'il n'y avoit pas
d'autre moyen d'obtenir la Princesse, que celui de se défaire d'un
rival aussi redoutable , & persuadé
qu'il n'en viendroit pas aisément
à bout par les voyes d'honneur, il
n'hésita pas à prendre la résolution
de le faire assassiner ; dans l'idée
d'occuper sa place pour combattre le Prince de Kasgar. Comme
malgré des sentimens aussi bas ,
il étoit brave de sa personne, il ne
doutoit pas qu'il ne sortît vainqueur d'un combat qu'il avoit ,

pour ainſi dire, provoqué pour lui-même, & il comptoit enſuite que la Reine ne pourroit lui refuſer la main de la Princeſſe.

Karibſchak donc avoit donné ſes ordres pour ſe défaire d'Edris, & ils n'avoient été que trop cruellement executés contre le malheureux Togrul. Le Chef de cette infâme entrepriſe étoit même venu lui en rendre compte ſi-tôt qu'elle eut été executée, & il en reſſentoit une joie extrême, lorſque voyant arriver la Princeſſe qu'il ne reconnut pas, ſous les habits du faux Edris, il jetta un regard furieux ſur celui qui venoit de lui apporter la nouvelle de la mort de ce redoutable rival : le dénoüement du Combat entre mon Maître & Zendheroud, lui ayant fait connoître la verité de l'execution de ſes ordres, il en eut tant de joie, que ſans faire atten-tion aux conventions que les mille

Cavaliers, qui de part & d'autre
devoient accompagner leurs Maîtres, n'en feroient que les Spectateurs, ce fut lui qui anima les
Troupes de la Reine à rompre
cet engagement; il croyoit que
le Prince de Kafgar fatigué du
combat qu'il venoit de foutenir,
n'auroit plus toute la vigueur neceffaire pour fe défendre de fes
coups; mais Zem-Alzaman outré
de la plus violente colere, & re-
connoiffant dans ce Prince un
rival infolent, lui fit bien-tôt reffentir les effets de fa fureur: après
un combat affez & même trop
opiniâtre pour un Prince dont
l'ame étoit foüillée d'un crime
auffi noir, Zem-Alzaman lui fen-
dit la tête d'un coup de fabre; &
ce fcelerat en rendant fon ame
impure avec fon fang, n'eut pas
le tems de jouir long-tems du
fruit de fa trahifon.

La mort de Karibfchak ayant

tout-à-fait découragé les Soldats
de la Reine, ils ne jugerent pas à
propos d'essuyer toute la fureur
de ceux du Prince de Kasgar qui
en avoient déja massacré une
bonne partie : ils prirent la fuite,
& regagnerent leur camp, où l'on
venoit de conduire la Princesse
Zendheroud.

Si mon Maître avoit voulu
profiter de ses avantages, il auroit
pû en faire un carnage horrible ;
mais la generosité accompagnant
toutes ses actions, il défendit
qu'on les poursuivît, & retourna
avec ses gens au camp du Sultan
son pere, le cœur penetré de la
plus vive douleur.

Agité des reflexions les plus
cruelles, il ne pouvoit comprendre les raisons qui avoient déter-
miné la Princesse à le combattre
avec tant de haine, comment elle
pouvoit être couverte des habits
de Togrul, & ce que ce jeune

homme étoit devenu, & m'ayant
donné des ordres secrets pour
m'en informer, il se renferma
dans sa tente sans vouloir parler
à personne, & sans permettre que
l'on visitât les blessures qu'il pouvoit avoir reçues dans les combats.
qu'il avoit soutenu dans cette
journée.

Fraydoun averti du chagrin du
Prince, & croyant qu'il ne provenoit que de la honte d'avoir
deshonoré ses armes en combat-
tant contre la Princesse, se rendit
à sa tente, & y étant entré malgré ses défenses, il le força à laisser
examiner ses blessures, qui se trouverent si legeres qu'il se retira
sans inquiétude, après avoir fait
tout ce qu'il avoit pû pour consoler mon Maître de l'affliction qu'il
voyoit peinte sur son visage.

Zem-Alzaman cependant passa
une nuit si mauvaise, que le lendemain il se trouva avoir une fié-
vre

vre des plus violentes , & cette
nouvelle ayant encore allarmé le
Sultan , il accourut au chevet du
lit du Prince : Mon fils , lui dit ce
bon pere , je fuis fenfible à l'éta-
où je vous vois, ouvrez-moi votre
cœur ; la Reine de Samarcand
m'envoye demander une tréve
pour donner la fepulture aux braves gens de fon armée , qui ont
péri dans ces derniers combats ;
votre valeur a tellement affoibli
fon parti , que je pourrois en lui
refufant cette grace , achever de
détruire entierement fes efperances , mais malgré l'injuftice de fon
procedé , je veux avoir pour elle
tous les égards que l'on doit à fon
fexe ; & plût au Ciel que mes
foupçons puffent être vrais , je
tenterois d'établir entre elle &
moi une paix folide. La Princeffe
Zendehroud paffe pour avoir autant de beauté que de courage ; fi
j'étois fûr que fon alliance vous

fût agréable, je lui ferois faire des
propofitions qu'elle ne pourroit
refufer fans être fort mal confeil-
lée ; puifque fi l'écoutois aujour-
d'hui tout mon reffentiment, je
pourrois m'emparer de fes Etats,
fans prefqu'aucune reffource de
fa part. Seigneur, reptit Zem-
Alzaman, je ne vous nierai
point que j'aime la Princeffe de
Samarcand, & que tout mon bonheur dépend entierement de la
poffeder ; mais je doute que l'injufte Zendehroud veuille écouter
vos propofitions ; elle a conçu
pour moi une haine fi violénte,
que je ne dois pas me flatter
qu'elle change fi-tôt de fentiméns
à mon égard : cependant, Seigneur, offrez-lui, je vous fupplie,
la paix fans aucune condition,
demandez la Princeffe pour être
mon Epoufe ; mais de grace que
la Reine fa mere n'interpofe point
fon autorité dans cette negocia-

tion, je ne veux devoir Zendheroud qu'à elle-même, & je m'eftimerois le plus malheureux de tous
les hommes, fi en me donnant la
main, l'on faifoit violence à fon
inclination.

Pendant que tout ceci fe paffoit
chez le Sultan de Kafgar, la Reine
de Samarcand, furprife au dernier
point du combat de la Princeffe
fa fille, l'avoit fait defarmer. Elle
ne s'étoit trouvée avoir aucune
bleffure; la mort d'Edris à la fepulture duquel elle avoit donné
fes foins, lui avoient caufé un fi
violent defefpoir, qu'elle ne ceffoit
de verfer un torrent de larmes, &
la Reine voyoit dans toutes fes
paroles tant de marques de rage
& de fureur, qu'elle en reffentoit
une trifteffe mortelle.

Al-Alma & Zendehroud étoient
dans cette cruelle fituation, lorfque le Vifir que Fraydoun avoit
choifi pour envoyer à la Reine,

X ij

arriva dans fon Camp. Il lui prefenta fes Lettres, & fçut lui faire
voir tant de generofité dans le
procedé du Sultan, & tant d'avantages dans l'alliance de fon Prince,
que cette mere ébranlée par les
confiderations que ce Monarque
paroiffoit avoir eu pour elle, courut au lit de Zendheroud : Ma
chere fille, lui dit-elle, je viens
vous apporter la paix que nous ne
devons pas efperer dans une con-
jonĉture pareille à celle où nous
fommes ; le Sultan de Kafgar nous
l'offre, & demande qu'elle foit
fcellée par votre union avec le
Prince fon fils. Sa Lettre eft fi
touchante, qu'elle a éteint en un
moment dans mon cœur toute la
haine que je lui portois & que je
vous ai infpirée contre lui. Je n'ai
cependant rien voulu promettre à
fon Vifir, fans vous avoir auparavant confultée ; tous les Princes
nos alliés ont péri fous le fabre de

Zem-Alzaman, & nous ne devons plus efperer de fecours, que du Ciel & de votre complaifance.

Ah Madame ! s'écria Zendehroud, jamais le meurtrier d'Edris ne fera mon époux ; il n'eft plus tems de vous diffimuler ma paffion pour ce Heros, & l'extrême douleur que je reffens de fa perte ; je l'ai vû hier expirant dans le bois qui eft proche de ce Camp ; il eft mort entre mes bras, & fes dernieres paroles m'ont fait connoître que le cruel Prince de Kafgar eft fon affaffin ; j'ai voulu fous les habits d'Edris venger fa mort, je n'ai pas été affez heureufe pour y reuffir ; ainfi loin de devenir fon époufe, je jure par notre fouverain Prophete, de faire reffentir à ce barbare tout ce qu'un jufte reffentiment me pourra infpirer de plus conforme à la haine que j'ai pour lui.

La Sultane de Samarcand fut

autant furprife qu'affligée d'un pareil difcours ; elle fit ce qu'elle put pour remettre l'efprit de la Princeffe dans fa fituation naturelle, & n'en ayant pû rien obtenir, elle fe retira dans l'efperance que la nuit, en apportant quelque foulagement à fa douleur, lui feroit faire de fages reflexions, qui la rendroient plus difpofée à fuivre fes volontés.

Pendant le refte du jour, les Troupes de la Reine de Samarcand informées de l'arrivée du Vifir de Fraydoun, & du motif de fon ambaffade, en témoignerent toute leur joie, & donnerent mille bénédictions au Sultan de Kafgar fur fa moderation. La Princeffe informée de la fituation des efprits, en fentit redoubler fa fureur ; & ne doutant pas que la Reine ne lui fît de vives remontrances, pour l'engager à donner la main à Zem-Alzaman, elle fe

fit feller un cheval, & fuivie feulement d'un efclave, elle prit le
parti de s'éloigner du Camp.

XXXVI. SOIRE'E.

*Suite de l'Hiftoire de Zem-Alza-
man Prince de Kafgar & de
Zendehroud Princeffe de Samarcand.*

QUelle fut la furprife de la
Reine à fon reveil, d'ap-
prendre l'abfence de la Princeffe!
Il eft impoffible de bien repre-
fenter l'excès de fa douleur; elle
redoubla à la vûë du Vifir de
Fraydoun, fans lui expliquer les
motifs odieux de l'averfion de
Zendehroud pour Zem-Alzaman:
Vous voyez, lui dit-elle, en fondant en larmes, jufqu'à quel point
la fortune me perfecute; rendez,
je vous prie, témoignage au Sul-

X. iiij

tan votre Maître, de toute l'eſtime
que j'ai pour lui, & aſſurez le Prince de Kaſgar, qu'il ne tient point
à moi que ſon union avec Zendehroud, n'affermiſſe pour toujours la paix, qu'il m'a offert avec
tant de généroſité : la Princeſſe a
craint apparemment que je n'u-
faſſe avec elle, de mon autorité,
elle s'eſt abſentée du Camp, &
j'ai perdu avec elle toute la conſolation de ma vie ; j'en ſuis au
déſeſpoir ; mais j'eſpere que Fraydoun ne voudra point m'accabler
dans mon malheur, ni profiter
des avantages que la fortune lui a
donné ſur moi. Non, Madame,
reprit le Viſir, qui avant que de
venir dans ce Camp, avoit reçû
ſes inſtruction du Prince, ce ne
ſont point les intentions de mon
Maître ; il vous offre la paix ſans
aucune condition, & ne veut
point violenter les inclinations de
la Princeſſe ; Zem-Alzaman a trop

de refpect pour fes volontés , &
il l'aime d'une paffion trop pure ,
pour ne vouloir pas l'obtenir
d'elle-même.

Après le départ du Vifir, la
Reine , le cœur pénétré d'une
affliction fincere , ayant donné
ordre que l'on cherchât la Princeffe de toutes parts , reprit la
route de Samarcand à la tête des
Troupes qui lui étoient reftées en
petit nombre , & dans un état
déplorable.

Si le Sultan fut étonné de
l'abfence de Zendehroud , & de
la haine qu'elle marquoit pour le
Prince, ce dernier n'en fut pas
furpris ; mais il ne put recevoir
fans une extrême douleur une
Lettre de cette Princeffe , qui
l'affuroit, que loin d'être jamais à
lui, elle ne donneroit fa main qu'à
celui qui lui apporteroit fa tête.

Il fe perdoit dans fes reflexions,
& ne pouvoit comprendre com-

ment Zendehroud qui lui avoit
témoigné tant de bonté fous le
nom d'Edris, lui portoit une haine
fi violente fi-tôt qu'elle l'avoit
reconnu pour le Prince de Kafgar;
il ne pouvoit accufer de cette
averfion que Togrul, qu'il foup-
çonnoit de l'avoir trahi, puifque
la Princeffe l'avoit combattu fous
fes habits & avec fon même cheval; mais ayant appris du Vifir qui
revenoit du Camp de la Reine,
que ce malheureux avoit été trouvé percé de mille coups dans le
bois où il l'avoit envoyé, il ne
fçavoit plus à quoi attribuer l'averfion extrême que la Princeffe avoit
conçuë pour lui, & il eut befoin
de toute la force de fon efprit,
pour ne pas fuccomber à fa douleur. La feule crainte d'affliger le
Sultan, qui l'aimoit avec la derniere tendreffe, fut le feul motif
qui l'empêcha de s'ôter une vie
qui lui devenoit à charge; mais ne

pouvant vaincre le chagrin qui le dévoroit, il se livra à une mélancolie si profonde, que Fraydoun en fut veritablement allàrmé : ce Monarque avoit aussi repris la route de Kasgar ; il y rentra aux acclamations du peuple, qui par mille vœux qu'il fit pour le Prince, lui fit connoître à quel point il lui étoit cher.

Le Sultan croyant devoir célebrer ses victoires, & la paix qu'il venoit de donner à la Reine de Samarcand, ordonna une fête magnifique, & s'imaginant par-là, dissiper l'humeur sombre du Prince, il l'engagea à s'y trouver, quoiqu'il eût témoigné beaucoup de repugnance pour être present à ce spectacle public, dont je ne vous ferai pas le détail. Il venoit de finir par une course de chevaux, que l'on avoit faite dans une plaine hors de Kasgar, & le Prince qui étoit à côté du Sultan,

étoit prêt à rentrer avec lui dans la
Ville, lorsque sa tristesse ordinaire
l'ayant fait écarter de quelquespas
du gros de sa garde, un Cavalier
poussant son cheval à toute bride
vers le Prince, lui passa son épée
à travers le corps, & l'y laissa
enfoncée jusqu'à la garde. Mille
cris s'éleverent à un accident si
étrange & si peu prévû; l'on accourut promptement au secours
du Prince chancelant, & son
affassin alloit perdre la vie par les
mains de ceux de la suite du Sultan, si ce Monarque lui-même
n'avoit donné ordre qu'on le prît
en vie, résolu de le faire périr dans
les supplices les plus affreux.

Comme ce Cavalier étoit dé-
farmé, il fut bien-tôt couvert de
chaînes, & pendant qu'on le
conduifoit dans un cachot, l'on
reportoit Zenr-Alzaman dans le
Palais, au milieu des gémisse-
mens & des cris lugubres, dont

toute la Ville retentiſſoit.

La quantité de ſang que le Prince avoit perdu , & le peu d'eſperance que les Chirurgiens donnerent d'abord de ſa bleſſure, mit le Sultan au deſeſpoir ; & voulant connoître le meurtrier de ſon fils, il ordonna qu'on l'amenât en ſa preſence. Les habits de ce criminel étoient ſouillés de boüe & déchirés,& il étoit chargé defers ſi peſans , qu'à peine avoit-il la force de les porter; mais à travers de l'état déplorable dans lequel il étoit, on voyoit briller ſur ſon viſage, une ſi grande beauté , que le Roi,tout préocupé qu'il étoit de ſa douleur , ne put s'empêcher de le regarder avec une eſpece d'ad- miration , qui augmenta encore par les diſcours que lui tint ce jeune homme : Sultan de Kaſgar, lui dit-il fierement, connois toute l'étendue de ma joie ; en ôtant la vie à ton fils, j'ai vengé la mort de mon pere, & d'un Heros à qui j'avois les dernieres obligations; à ces traits, reconnois la Princesse deSamarcand;j'ai fait mon devoir, c'est à toi à remplir le tien; j'ai versé ton sang, repands le mien, tu ne me verras pas implorer ta clemence; la seule grace qu'il me convient de te demander, c'est de ne me pas laisser languir dans les fers, & de conserver dans le genre de supplice auquel tu me destineras, la pudeur & la dignité dûes à mon sexe & à ma naissance. CruelleZendehroud, s'écriaFraydoun! si j'ôtai la vie à ton pere, ce fut dans un combat où il attaquoit la mienne, & sa mort n'a dû m'attirer aucun reproche de gens qui ont quelqu'égard pour la justice; mais, inhumaine Princesse! quelle fureur a poussé ta main barbare contre le sein de mon fils? Quelle offense particuliere as-tu reçûe d'un Prince genereux qui

t'adore ? Je te l'avois offert pour
époux, ce malheureux fils que ta
cruauté m'enleve pour toujours,
& avec lui je te rendois maîtresse
de mon Royaume dans un tems
où je pouvois t'accabler. Zem-
Alzaman n'étoit-il pas assez recommandable par ses grandes
actions, par sa naissance & par sa
propre personne, pour devenir
l'époux de la Princesse de Samarcand ? Son procedé genereux
auroit dû trouver de la reconnoissance dans un cœur moins cruel
que le tien ; mais il ne te suffisoit
pas de tourner toute ta fureur
contre moi seul, la perte de ma
vie n'étoit pas capable de te satis-
faire, & tu as cru avec juste raison
m'outrager davantage dans la
personne de mon fils que dans la
mienne.

Le Sultan ne put achever ces
reproches, sans répandre des larmes en abondance ; Zendheroud

en fut émue : Sultan, lui dit-elle,
quoique je ne veuille point chercher d'excuse à l'action que j'ai
commise envers ton fils, je te
proteste, que c'est moins pour me
venger de Fraydoun que j'ai ainsi
traité Zem-Alzaman, que pour
le punir de son propre crime ; je
n'aurois jamais attaqué sa vie, si
lui-même par une cruauté digne
du plus barbare de tous les hommes, ne l'eût fait lâchement ôter
à tout ce que je pouvois aimer ;
c'est cette perte que je ne puis
trop regretter, qui m'a portée à
commettre une action aussi déses-
pérée, & qui doit te faire connoître combien la vie m'est odieuse.

XXXVII.

XXXVII. SOIRE'E.

Suite de l'Histoire de Zem-Alza-
man Prince de Kasgar, & de
Zendehroud Princesse de Samar-
cand.

LA beauté est si recommandable par elle-même, que quelqu'outré que fût le Sultan, il commanda qu'on ôtât les fers à la Princesse ; il lui fit donner des habits conformes à son sexe, & au lieu de la faire reconduire dans son cachot, il la fit garder à vûe dans un appartement du Palais, avec tout le respect qui lui étoit dû, & sans lui donner d'autre déplaisir que celui de lui ôter la liberté.

Zem - Alzanian avoit été jusqu'à ce moment entre la mort & la vie, & sa playe étoit si consi-

Tome II.   Y

dérable, que les Chirurgiens, qui ne pouvoient encore décider de son sort, avoient défendu qu'on le fit parler à qui que ce fût. Quoique dans une extrême foiblesse, il avoit toujours eu l'esprit très-présent; & comme il ne pouvoit se persuader que sa blessure vînt d'un autre endroit que d'un homme envoyé par Zendehroud, il se ressouvint que l'épée dont il avoit été blessé lui étoit restée dans le corps, & en avoit été tirée par les Chirurgiens; il crut qu'il pourroit peut-être par son moyen, s'éclaircir d'une partie de ses soupçons, & ayant commanmandé qu'on la lui apportât, il n'eut pas plûtôt jetté les yeux dessus, que la reconnoissant pour celle qu'il avoit portée sous le ncm d'Edris, qu'il avoit ensuite confiée à Togrul, & qu'il avoit vû entre les mains de Zendehroud dans son dernier combat; il ne douta plus que ce ne fût elle-même qui eût attenté à fa vie. Ah Ciel ! dit-il en ce moment, je meurs donc par les mains de la Princeffe de Samarcand. Et bien, il faut exécuter fes intentions. En difant ces mots, il porta fes mains fur l'appareil que l'on avoit mis à fa bleffure, & vouloit le déchirer, lorfqu'il en fût heureufement empêché par l'arrivée du Sultan.

Ce bon pere, fenfiblement affligé de l'état où étoit le Prince, & qui venoit d'être témoin de fon défefpoir, ne l'aborda qu'en lui faifant les reproches les plus tendres, & en l'affurant qu'il ne pouvoit négliger fa vie, fans attenter à celle de fon pere.

Zem-Alzaman, qui avoit un respect infini pour le Sultan, fut très-fenfible à fes reproches ; tout foible qu'il étoit, il vouloit fe jetter en bas de fon lit, & pour

lui en demander pardon, & pour
lui parler en faveur de Zendehroud; il en fut empêché par le
Sultan : Seigneur, lui dit-il, la
Princeſſe de Samarcand eſt entre
vos mains, je n'en puis douter
en voyant cette épée ; au nom de
notre grand Prophete, ne me la
cachez pas plus long-tems ; elle
m'a voulu donner la mort, elle
ſeule eſt capable de me rendre la
vie, que je perdrois de douleur,
ſi lon avoit manqué aux moindres
égards que l'on doit à ſon ſexe &
à ſon rang ; au lieu de priſons &
de chaînes, offrez-lui, Seigneur,
un Trône & des Couronnes ; ſi
elle les refuſe, je vous demande
en grace, qu'on ne la retienne
pas plus long-tems dans une captivité qui ne peut que me rendre
encore plus odieux à ſes yeux ;
faites-la reconduire à Samarcand
avec tous les reſpects que mérite
une grande Princeſſe telle qu'elle

eſt ; & pour le prix d'une inviolable tendreſſe, que je conſerverai pour elle juſqu'à la mort, obtenez, s'il eſt poſſible , qu'avant ſon départ je puiſſe la voir un moment ; cette vûe me rendra la mort plus douce, ou me donnera des forces pour ſoutenir une vie que je ſens bien qui me deviendra inſuportable, ſans la bienveillance de Zendehroud.

Le Sultan, pour tranquilliſer le Prince, lui avoua que la Princeſſe étoit en ſon pouvoir ; qu'après l'avoir fait tirer du cachot, il l'avoit fait enfermer dans un des appartemens du Palais ; & ayant accordé à mon Maître tout ce qu'il lui demandoit, ſous condition qu'il feroit ſon poſſible pour contribuer à ſa güériſon, il paſſa dans la chambre de Zendehroud, à laquelle il ne put refuſer l'admiration que ſa beauté exigeoit de tous ceux qui la voyoient dans les habits de ſon ſexe.

Princeſſe, lui dit-il, Zem-Alzaman meurt, ainſi que vous le
ſouhaitez ; mais comme il per-
droit la vie avec regret, ſi elle
lui étoit ravie avant que vous fuſ-
ſiez libre ; qu'il ſouhaite que l'on
vous reconduiſe à Samarcand
dans un état conforme à votre
naiſſance, & que ce ſont peut-
être les dernieres volontés d'un
Prince digne d'une meilleure deſtinée, je vous apprends que vous
ſortirez de cette terre odieuſe
quand il vous plaira ; je vous prie
ſeulement, ſi les prieres d'un
Monarque que vous rendez le
plus malheureux Prince de la terre, vous peuvent toucher, de
permettre que l'infortuné Zem-
Alzaman vous puiſſe dire le dernier adieu : vous ne ſçauriez refuſer cette grace à un Prince qui
reçoit la mort de vos mains avec
autant de reſpect que de réſignation.

Zendehroud extrêmement surprise des discours du Sultan, fut
quelque tems sans parler, & les
yeux baissés vers la terre ; ensuite
les levant au Ciel : Puissant Mahomet ! s'écria-t'elle, est-il possible
qu'un homme qui a pu commettre
un crime si noir, témoigne tant de
grandeur d'ame dans ses autres actions ? Et faut-il qu'il ne paroisse
vertueux & magnanime, que pour
me rendre plus coupable aux
yeux des hommes ? Eh bien ! Seigneur, dit-elle à Fraydoun, je
verrai Zem-Alzaman, puisqu'il le
souhaite, non pas pour le prix de
la vie & de la liberté que vous
m'offrez, ni pour lui témoigner
du repentir de l'avoir mis en l'é-
tat où il est, mais pour lui faire
avouer en votre présence, comme il en est convenu dans le tems
de notre combat, que la cruelle
trahison dont il a usé envers un
Heros, dont la memoire sera tou-

jours précieuse à mon cœur, méritoit un sort moins glorieux que
celui de mourir par les mains de
Zendehroud.

Madame, reprit le Sultan, j'i-
gnore de quel crime vous accu-
sez le Prince, mais je suis sûr
qu'il n'est pas coupable des excès
que vous lui reprochez ; le tems
dévoilera peut-être l'obscurité qui
est répandue sur ce mystere : en
attendant ce moment, & que
mon fils soit en état de soutenir
votre vûe, vous pouvez vous
assurer que vous êtes libre.

Le Sultan étant ensuite sorti,
la Princesse voulut connoître si
effectivement elle jouissoit de la
liberté qu'on venoit de lui rendre : pour cet effet elle descendit
dans les jardins du Palais, &
après s'y être promenée quelque
tems avec les femmes esclaves
qu'on lui avoit donné pour la
servir, elle témoigna à l'Eunu-
que

que, à la garde duquel jusqu'alors
elle avoit été commise, qu'elle
souhaitoit voir la Ville de Kafgar, & le pria de l'y accompagner.
Elle se couvrit d'un voile, & cet
homme lui ayant donné la main,
elle parcourut une partie de la
Ville. En rentrant dans la grande
place, qui étoit vis-à-vis le Palais,
elle y trouva beaucoup de monde assemblé, elle y porta ses pas, &
voyant un homme percé de deux
coups de poignard, que l'on
portoit chez un Chirurgien, elle
s'imagina le reconnoître, &
l'ayant effectivement remis pour
l'avoir vû attaché au Prince Karibschak, elle crut devoir en
prendre soin, & l'ayant fait porter dans la maison la plus prochaine, elle donna en sa présence de l'argent pour lui procurer
les secours les plus pressans. Le
Chirurgien arriva, & ayant devant elle sondé les playes du bles-

fé, il les trouva fi dangereufes,
que cet homme ayant lû fur fon
vifage le danger où il étoit, &
fe fentant pénetré des bontés de
la Princeffe de Samarcand, pria
ceux qui étoient préfens de fe retirer, & lui dit qu'il avoit un fecret de la plus grande importance à lui reveler. Quand tout le
monde, hors le Chirurgien, l'Eu-
nuque & la Princeffe fut forti : Madame, lui dit-il, vous
voyez devant vous un homme qui
vous a cruellement offenfée ; livré à l'ambition & à l'interêt dont
je fuis aujourd'hui la victime, le
Prince Katibfchak qui connoiffoit mon foible, en a profité ; l'argent qu'il m'a donné, & les fa-
veurs qu'il me promettoit, m'ont
fait commettre le plus noir de
tous les crimes ; il fçavoit bien
que tant que le brave Edris vi-
vroit, il ne pourroit afpirer à votre conquête ; c'eft moi qui par

fon ordre l'ai affaffiné dans le bois proche de votre camp, au moment que pour vos interêts, il alloit combattre le Prince de Kafgar.

Oh Ciel! s'écria la Princeffe, quoi Karibfchak eft auteur du meurtre d'Edris, ce n'eft point le Prince Zem-Alzaman qui l'a fait maffacrer? Non, Madame, reprit le bleffé d'une voix foible & mourante; ce Prince n'a aucune part à la mort d'Edris, & loin d'avoir fait commettre ce crime, il en eft le vengeur, puifqu'il a tué de fa propre main Karibfchak. Avec vingt Soldats des plus déterminés, je furpris celui dont j'avois charge de me défaire, nous le perçâmes de mille coups, & ayant rejoint notre maître par differens chemins, nous combattîmes fous lui jufqu'au moment de fa mort. Tous mes affociés dans ce crime ne jouirent pas long-tems

Z ij

des promeſſes que je leur avois
faites ; ils perirent dans le combat , à l'exception du ſeul homme qui m'a mis dans l'état où je
ſuis. Devenus inſéparables , nous
avions paſſé dans cette Ville où
nous comptionsprendre parti dans
les Troupes du Sultan , lorſqu'aujourd'hui étant pris de vin , il a eu
la témerité de me reprocher cet
aſſaſſinat ; je n'ai pas crû devoir
laiſſer vivre plus long-tems un
homme ſi dangereux , je lui ai
paſſé mon épée à travers le corps,
& je croyois en être défait , lorſque ce malheureux ſe relevant ,
m'a percé de deux coups de poignard, qui m'ont mis en état d'aller bientôt rendre compte à Dieu
de mes actions. Puiſſe-t'il me pardonner le meurtre du brave Edris,
dont j'ai toujours eu depuis un
extrême regret au fond de mon
cœur ! Si un repentir ſincere peut
effacer ce crime, je vous jure,

Madame, indépendamment de la
situation où je me trouve, qu'on
n'en peut être plus touché que je
le suis. A peine cet homme eut-il
prononcé ces dernieres paroles,
que tombant dans des convul-
sions, il tourna à la mort, & expira
entre les bras du Chirurgien.

XXXVIII. SOIRE'E.

*Suite de l'Histoire de Zem-Alzaman
Prince de Kasgar, & de Zendehroud Princesse de Samarcand.*

ON doit juger de l'affliction
de la Princesse Zendheroud
en ce moment ; elle rentra dans
le Palais, se renferma dans son
appartement, & après s'être rap-
pellée la prédiction du Calender,
dont elle avoit si-tôt oublié le sa-
lutaire conseil, elle se livra à la

Z iij

plus amere douleur, & paffa une nuit auffi cruelle que l'on puiffe l'imaginer. Elle ne pouvoit comprendre comment il étoit poffible que Zem-Alzaman n'ayant aucune part à l'affaffinat d'Edris, il eût pû pendant le combat lui tenir des difcours qui y avoient tant de rapport, & par quelle raifon Edris lui-même, en mourant, lui avoit nommé le Prince de Kafgar, comme devant être fon meurtrier.

Enfin le jour étant revenu, & la Princeffe ayant fait prier le Sultan de paffer chez elle, Fraydoun entra dans fon appartement avec un air extrêmement content : les Chirurgiens venoient de l'affurer que la playe du Prince n'étoit pas mortelle, & qu'ayant très-bien paffé la nuit, felon toutes apparences il n'y avoit aucun danger à apprehender : Seigneur, lui dit Zendheroud, vous voyez devant vous une Princeffe dans la der-

niere confusion ; Zem-Alzaman
n'est point coupable du meurtre
dont je l'accusois, je ne veux plus
vous en faire de mystere.

Le brave Edris à qui nous
avions tant d'obligation, & qui
devoit combattre le Prince de
Kasgar, avoit merité toute mon
attention ; ce jeune Heros n'avoit
personne au monde qui l'égalât
en merite & en bravoure. Il étoit,
si je devois l'en croire, d'une naif-
sance illustre ; & dans le vif ressentiment que j'avois contre Votre
Majesté, comme il m'avoit juré
de me mettre sur la tête la Couronne de Kasgar, ses belles actions
me faisoient croire qu'il n'y avoit
rien dont sa valeur ne pût venir à
bout : Je l'aimai, je lui donnai la
préference sur tous ses Rivaux,
pourvû qu'il me tînt parole, &
j'avois lieu de croire qu'il alloit sa-
tisfaire ma vengeance, lorsqu'un
lâche assassin le fit massacrer, le
Z iiij

jour même qu'il devoit combattre le Prince votre fils. Je trouvai Edris expirant : excuſez, Seigneur, les larmes que je donnerai éternellement à ſa perte. Ses dernieres paroles me firent comprendre que c'étoit le Prince votre fils qui étoit l'auteur de ſa mort : voilà l'origine de ma fureur contre lui ; voilà, Seigneur, les raiſons qui m'ont portées à un deſeſpoir ſi violent, que m'abandonnant à la rage, & n'ayant pû vaincre le Prince ſous les habits d'Edris, j'ai cherché à lui arracher la vie de quelque maniere que ce pût être. J'ai été hier détrompée ; celui qui fut l'inſtrument de la mort d'Edris, m'a appris en mourant qu'il avoit commis cet aſſaſſinat par ordre du Prince Karibſchak, & que loin que Zem-Alzaman ait eû aucune part à cette infâme action, le Ciel au contraire s'eſt ſervi de ſon bras pour punir

le monftre qui m'a enlevé mon
cher Edris. Pardonnez donc, Seigneur, à une Princeffe aveuglée
par fa fureur, le meurtre du Prince
votre fils, & prenez-en toute la
vengeance qui vous eft dûe ; auffi-
bien la vie m'eft-elle odieufe,
après avoir perdu pour jamais le
feul objet qui pouvoit me faire
trouver quelqu'agrément fur la
terre.

Fraydoun reffentit une joie
extrême de voir que la Princeffe
rendoit juftice à Zem-Alzaman :
Madame, lui dit-il, je fuis charmé
que vous ayez été éclaircie d'une
verité qui rend du moins votre
eftime à mon fils : heureux, fi
revenue d'une auffi cruelle pré-
vention, il vous trouvoit difpofée
à monter fur un Trône que je lui
abandonnerai volontiers fi vous
voulez le partager avec lui. Ah !
Seigneur, reprit Zendheroud fondant en larmes, ne me parlez

point de prendre un engagement,
j'ai perdu le feul homme qui pouvoit m'y déterminer, & je vous
jure, que fi j'étois capable de
changer de fentimens, ce ne feroit
jamais qu'en faveur du Prince de
Kafgar, à qui je veux demander
pardon de mon erreur, fi-tôt qu'il
pourra foutenir ma vûë. Madame,
repliqua le Sultan, fa playe va fi
bien aujourd'hui, que l'on m'affu-
re qu'il n'y a plus de danger, &
je fuis perfuadé que la prefence
de la Princeffe de Samarcand eft
le meilleur remede dont on puiffe
fe fervir pour fa guérifon. Si cela
eft, Seigneur, dit Zendehroud,
je la fouhaite avec autant d'impatience, qu'hier encore je défirois
fa mort ; allons de ce pas lui rendre la juftice qui lui eft dûë. Alors
prefentant la main à Fraydoun,
elle paffa avec lui dans la chambre
de Zem-Alzaman, que le Sultan
avoit envoyé fur le champ prépa-

rer à la visite de la Princesse. L'état
où étoit le Prince, & la crainte
qu'il avoit d'être reconnu, fit qu'il
m'ordonna de rendre sa chambre
la plus obscure qu'il se pourroit.

La Princesse étant arrivée au
chevet du lit du Prince, s'assit sur
une pille de carreaux : Seigneur,
lui dit-elle, je viens vous prier
d'excuser la fureur que je vous ai
fait paroître, & dans le combat que
j'ai soutenu contre vous, & dans
la derniere action qui vous réduit
dans l'état où vous êtes. Séduite
par des apparences trompeuses,
je vous croyois meurtrier d'un
homme que j'aimois passionné-
ment, d'un Heros dont la mémoire me sera toujours presente,
d'Edris enfin, qui me fit entendre
en mourant, que c'étoit vous qui
l'aviez fait assassiner : La Princesse
n'ayant pu achever ces paroles
sans verser un torrent de larmes,
jamais on n'a passé plus subite-

ment de la plus vive douleur à
une joie exceffive , que Zem-
Alzaman le fit en apprenant que
les violentes démonftrations de
la haine de Zendehroud pour le
Prince de Kafgar , étoient les
preuves de la tendreffe la plus
marquée qu'elle reffentoit pour
Edris.

Quoi , Madame , dit-il à cette
Princeffe , d'une voix très-foible ,
& qu'il contrefit encore ? vous
ne haiffiez Zem-Alzaman que
parce que vous le croyiez auteur
de la mort d'Edris ? c'eft pour la
venger que vous avez combattu
contre lui avec tant d'animofité? &
c'eft pour punir ce Prince de l'infâme trahifon que vous lui impu-
tiez , que vous avez voulu lui arracher la vie? Ah ! Princeffe, loin de
vous fçavoir mauvais gré de cette
fureur, je ne puis m'empêcher de
l'approuver; Edris vous étoit cher
par les larmes que vous lui don-

nez, je vois que fa mémoire vous
eft précieufe ; je vais vous témoigner la part que je prends à votre
jufte douleur. Alors m'ayant ordonné tout bas de faire rendre la
clarté dans fa chambre, & de relever fon pavillon, le grand jour
n'eut pas plutôt paru, que Zendehroud jettant les yeux fur Zem-
Alzaman : Jufte Ciel ! s'écria-
t'elle, avec un tranfport de joie
inexprimable, c'eft Edris lui-
même !

XXXIX. SOIRE'E.

Suite de l'Hiftoire de Zem-Alza-
man Prince de Kafgar , & de
Zendheroud Princeffe de Sa-
marcand.

FRaydoun qui avoit écouté
avec attention la converfation du Prince & de la Princeffe,

fut d'autant plus surpris de ce
dénouëment imprévû, que Zendehroud eut à peine prononcé ces
dernieres paroles qu'elle perdit
connoiffance ; il lui fit donner un
prompt fecouts, & regardant fon
fils avec étonnement, il alloit lui
demander l'explication de cette
efpece d'énigme, lorfque la Princeffe revenant à elle : Zem-Alzaman lui baifa la main avec un
tranfport extrême. Oui , belle
Zendehroud, lui dit-il, Edris &
le Prince de Kafgar ne font qu'une
même perfonne : la feule curiofité
me conduifit dans vos Etats ; je
voulois voir par moi-même fi vos
charmes étoient auffi puiffans
qu'on les vantoit. Sous le nom
d'Edris je rendis fervice à la Reine
contre quelques Sultans de fes
voifins, tout cela vous eft connu ;
mais ce que vous ignorez, c'eft
de quelle maniere je crus fortir
de l'embarras où je me trouvai

quand je me vis obligé de combattre contre moi-même ; ne sçachant comment trop accorder une chose qui me paroissoit impossible, je jettai les yeux sur un des Gardes du Sultan qui me ressembloit assez ; je lui donnai mes habits, je l'instruisis de mes intentions ; il partit pour se rendre dans le bois où je devois me trouver, & ce n'est que depuis quelques jours que j'ai appris que ce malheureux avoit été cruellement assassiné : Ah belle Zendehroud ! je l'ignorois quand je combattis contre vous, & si dans ce moment je vous ai parlé d'une maniere équivoque, c'est que je croyois adresser la parole à l'infortuné Togrul qui representoit Edris, ou que vous m'aviez reconnu pour le Prince Zem-Alzaman ; mais si cet Edris vous promit la Couronne de Kasgar, il vous tient aujourd'hui sa promesse ; acceptez donc les offres que la bonté du Sultan lui permet de vous faire, & vous le rendez auſſi heureux qu'il s'eſti-moit miſerable il y a quelques momens.

. La Princeſſe étoit ſi étonnée de revoir ſon cher Edris, & de me trouver à ſes côtés, qu'elle ne pouvoit preſque ajouter foi à ſes propres yeux. Quoi ! il eſt bien poſſible, dit-elle, en continuant de verſer des larmes en abondan-ce, que ce ſoit Edris qui me parle ? Cet Edris que j'ai cru voir mort entre mes bras, & que je retrouve dans la perſonne du Prince de Kaſgar ? ſans doute, tout ce qui ſe paſſe en ce moment n'eſt que l'effet d'une illuſion : Ah ! cher Prince, ſi vous êtes ce brave In-connu, vivez pour Zendehroud, il n'eſt plus tems de vous diſſimu-ler tout ce que je reſſens pour vous, mes actions vous ont ſuffi-ſamment inſtruit d'une paſſion dont

dont je vous cachois la meilleure partie ; fi vous mourez, je ne prétends point vous furvivre, & je fçaurai bien me punir d'une cruauté que ma main a commife, fans que mon cœur y ait la moindre part. Il n'y a point de termes affez forts, pour exprimer en ce moment la joie du Prince de Kafgar : Adorable Zendehroud, s'écria-t'il, il n'eft point fous le Ciel un mortel plus heureux que moi, vous acceptez donc la main de Zem-Alzaman ? C'eft celle d'Edris que je reçois, dit alors tendrement la Princeffe, & puifque la Reine ma mere approuve notre union, je ne dois point faire difficulté de vous affurer de ma tendreffe ; mais comme vous avez befoin de repos, & qu'il eft jufte que j'inftruife la Reine ma mere d'événemens auffi finguliers, je vais lui apprendre par une Lettre qu'Edris vit, qu'Edris m'adore, & qu'Edris &

le Prince de Kasgar ne font que la
même perfonne.

La Princeffe en achevant ces
mots, fe leva pour paffer dans fon
appartement, malgré Zem-Alzaman qui faifoit fes efforts pour la
retenir plus long-tems; maisFray-
doun ayant fait entendre au Prince
que fa fanté pouvoit y être inte-
reffée, il la laiffa fortir avec pro-
meffe qu'elle viendroit paffer auprès de fon lit tous les momens,
que la bienféance pourroit lui
permettre, & me chargea de porter à la Reine la Lettre que la
Princeffe alloit écrire.

Si-tôt que la Princeffe me l'eut
remife, je pris la route de Samarcand, où étant arrivé avec toute
la diligence poffible, je trouvai
toute la Cour dans la confternation. La Reine accablée de douleur de n'avoir point de nouvelles
de la Princeffe, étoit tombée dangereufement malade, & chacun

envifageoit fa perte avec une extrême douleur lorfque j'arrivai au
Palais ; comme j'y étois connu,
il ne me fut pas difficile de me
faire introduire dans fon appartement, fur-tout lorfque je fis fçavoir
que j'apportois des Lettres de la
Princeffe : je fus donc conduit à la
Reine, je lui remis mes dépêches,
& elle n'eut pas plutôt été informée des differens évenemens arrivés à Kafgar, que faifant éclater
à mes yeux la joie la plus vive,
elle en inftruifit toute fa Cour ;
mais comme elle étoit extrêmement foible, & qu'elle ne pouvoit
fi-tôt fortir de fon lit, elle me
chargea d'une Lettre fort tendre
pour la Princeffe, & par cette
même Lettre, elle l'autorifoit à
époufer le Prince Zem-Alzaman.
L'on peut croire que je ne perdis
point de tems à retourner à Kafgar,
& que mon arrivée y caufa beaucoup de fatisfaction au Prince.

A a ij

Mais Zendehroud n'eut pas plutôt appris la maladie de la Sultane sa mere, qu'allarmée de la sçavoir dans cet état, elle n'eut point de repos qu'elle ne se mît en chemin pour se rendre auprès d'elle. A peine Zem-Alzaman commençoit-il à marcher dans son appartement, lorsqu'il apprit cette résolution : je vais donc vous perdre encore, belle Princesse, lui dit-il tendrement ? Seigneur, répondit Zendehroud, la nature doit reprendre ses droits. La maladie de la Reine que j'ai occasionnée par ma fuite, m'appelle indispensablement à Samarcand ; je vous quitte avec un extrême regret, mais ce ne sera qu'avec la qualité de votre épouse ; Al-Alma non-seulement me le permet, mais elle me l'ordonne, & jamais je ne lui obéirai si volontiers. Faites tout préparer pour cette cérémonie, je vous donne

ma main dans une heure, mais je
pars le moment d'après pour me
rendre à Samarcand, & je reviendrai dans vos Etats si-tôt que la
bienséance pourra me le permettre.

Quelqu'affligé que Zem-Alzaman fût du départ de la Princesse, il executa ses volontés sur
le champ, & ayant fait partir
differens Couriers pour donner
ordre sur la route qu'on lui fournît toutes les choses nécessaires
pour le voyage, & qu'elle y fût
traitée selon sa nouvelle qualité,
ils s'épouserent dans l'appartement du Prince, & après l'avoir
tendrement embrassé, elle prit
congé de lui, & partit avec douze
Cavaliers seulement, dont je fus
du nombre. Il ne nous arriva
aucun accident en chemin, &
nous trouvâmes qu'Al-Alma étoit
encore malade; mais la vûë de la
Princesse de Kasgar ayant achevé

de lui rendre la fanté, elle crut
après trois femaines de féjour à
Samarcand, devoir la renvoyer à
fon Epoux avec toute la décence
convenable à fa dignité, & par-là,
fatisfaire l'impatience de rejoindre fon Epoux que la pudeur de
Zendehroud l'empêchoit de lui
témoigner. Pour cet effet elle lui
donna une efcorte de trois cens
hommes commandés par un de
fes Vifirs, & l'ayant embraffée
avec une extrême tendreffe, elle
ne put la voir partir fans répandre
beaucoup de larmes.

Quelqu'empreffément que la
Princeffe eût de fe rendre auprès
de Zem-Alzaman, fuivant les
ordres de la Reine, nous ne
marchions qu'à petites journées,
& nous n'étions plus qu'à huit
lieuës des Frontieres du Turqueftan, lorfque campant une
nuit dans une Plaine affez aride,
nous fûmes tout d'un coup enve-

loppés par plus de huit cens Arabes, qui avoient à leur tête un
Chef appellé Agem (a). Cet
homme d'une figure effroyable,
& qui de la plus baffe condition,
s'étoit par fa bravoure, & par fa
férocité élevé jufqu'à ce pofte,
faifoit trembler tous les Princes,
fur les Terres defquels il entroit,
& ce, avec d'autant plus de raifon, que fes Soldats avoient coutume de combattre jufqu'au dernier foupir fans jamais reculer, à
moins qu'Agem ne le leur commandât. Voilà les gens par lefquels nous fûmes attaqués, pendant que nous jouiffions d'un
fommeil tranquille, & que nous
étions tous dans une fecürité parfaite. La Princeffe de Kafgar qui
étoit avec fes femmes dans fa
tente placée au milieu de fon
camp, n'entendit pas plutôt l'al-

_____

(a) *Agem*, fignifie Ruftique,

larme , que prenant un habit
d'homme qu'elle avoit toujours
par précaution dans sa garde-
robbe , elle monta à cheval , &
encourageant les siens à se défendre , elle fit des prodiges de
valeur , dont je fus témoin , la
nuit étant assez claire pour cela ;
mais voyant qu'elle alloit être
accablée par le nombre , elle prit
le parti de se sauver , & profitant
de la vigeur de son cheval , elle
s'éloigna du camp à toutes jambes sans que je pusse la suivre , le
chemin m'ayant été coupé par
quatre Arabes , contre lesquels
j'eus toutes les peines du monde
à défendre ma vie. Le Soldat
Arabe ne trouvant plus de resistance dans toute notre escorte qui
avoit été massacrée , ou qui avoit
évité sa fureur par la fuite , ainsi
que j'avois fait , ne s'attacha plus
qu'au pillage ; ce n'étoit pas ce
qu'Agem cherchoit dans cette
occasion ,

occafion, il avoit oüi parler de la
beauté de Zendehroud, & apprenant par fes Coureurs qu'elle
alloit rejoindre fon Epoux, il ne
s'étoit mis en campagne que
pour la lui enlever, & la faire la
Sultane favorite de fon Serail
ambulant. Pour cet effet il avoit
donné ordre que l'on entourât la
tente de la Princeffe, & qu'on
la refpectât non-feulement, mais
même que l'on eût tous les égards
poffibles pour les perfonnes qui
s'y trouveroient être de fon fexe.

On avoit fidelement executé
fes ordres, mais on s'y étoit pris
trop tard, puifque Zendehroud
étoit échappée à fa brutalité. Pour
moi je reffentois une extrême
douleur de n'avoir pû fuivre la
Princeffe; & comme je croyois
que s'il lui étoit poffible, elle
prendroit la route du Turqueftan,
je tournai mes pas en toute diligence de ce côté, & ayant averti

le plus prochain Gouverneur de
l'accident arrivé à notre Efcorte,
il mit promptement quatre mille
Cavaliers en marche pour aller
attaquer Agem, & tirer la Princeffe de fes mains, fi elle avoit eu
le malheur d'y tomber.

Je me joignis à ces Troupes
pour les conduire vers le lieu de
notre combat, mais quand nous y
arrivâmes, les Arabes en étoient
déja partis, & nous n'y trouvâmes
que des morts ou des mourans
prefque nuds, & qui ne pûrent
même nous dire de quel côté ces
voleurs avoient tourné leurs pas;
tout ce que nous apprîmes de plus
douloureux pour le Prince de
Kafgar, c'eft qu'un des nôtres
nous dit que le bruit couroit que
la Princeffe étoit tombée au pouvoir de l'infâme Agem; je compris en ce moment toute la douleur que reffentiroit mon Maître
à une nouvelle auffi cruelle; &

fans vouloir en être le porteur, je
ne fongeai qu'à le venger s'il étoit
poſſible : pour cet effet ayant envoyé des Coureurs de toute part,
nous apprîmes que les Arabes
avoient pris le chemin de la Plaine
de Fargana (a), nous les fuivîmes
avec une extrême diligence; les
ayant joint nous les entourâmes,
& après un combat des plus opi-
niâtres, nous les taillâmes tous
en pieces.

Notre Chef avoit fur-tout recommandé qu'on tâchât de prendre Agem en vie s'il étoit poſſible,
c'étoit à quoi on s'étoit attaché,
mais nous ne pûmes executer fes
ordres; & ce Monſtre qui fe
voyoit preſſé de toute part, ayant
trouvé le moyen de regagner fa
Tente, en reſſortit un moment
après, tenant en main une tête

_____

(a) Ville du Mavaralnahar proche des
Frontieres du Royaume de Kafgar.

Bb ij

de femme défigurée par plufieurs coups de fabre, & la jettant à nos pieds : voilà ce que vous cherchez, nous cria-t'il, portez à votre Maître la tête de Zendehroud, & dites-lui qu'Agem n'eft pas né pour mourir fon efclave. A ces mots ce fcelerat fe laiffa tomber fur la pointe de fon épée, qui lui fortant par le dos, lui fit vomir fon ame impure avec fon fang.

XL. SOIRE'E.

Suite de l'Hiftoire de Zem-Alzaman Prince de Kafgar, & de Zendehroud Princeffe de Samarcand.

NOus fîmes un grand cri à un évenement auffi trifte, & entrant avec précipitation dans la tente de ce Barbare, nous la trou-

vâmes ruiffelante du fang de fix
femmes, à qui il avoit fendu la
tête à coups de fabre, afin qu'elles ne tombaffent pas entre nos
mains ; parmi ces femmes je reconnus avec une douleur fans
pareille le corps de Zendehroud,
dont l'habit étoit remarquable par
les pierreries que j'avois vû plufieurs fois fur elle , & je crus retrouver dans cette tête défigurée
tous les traits de cette adorable
Princeffe. Quand j'aurois pû douter de ce que je voyois , j'aurois
été bientôt confirmé dans cette
vérité , par les difcours d'une des
femmes d'Agem : cette malheureufe n'étoit pas encore morte ,
& avant que de rendre les derniers foupirs , elle nous apprit
que la Princeffe de Kafgar , dont
nous voyions le corps fanglant ,
étoit prête d'effuyer les dernieres
violences de la part de ce monftre , lorfque nous avions enve-

loppé fes Troupes ; que dans la fureur qui l'aveugloit, & voyant qu'il ne pouvoit nous échaper, il avoit mis toutes fes femmes dans l'état où je les voyois, & qu'après avoir porté plufieurs coups de fabre à Zendehroud, il lui avoit coupé la tête.

Je fis faire en cet endroit un cercueil pour mettre le corps de la Princeffe, & l'ayant fait conduire à Chojandah, (a) je lui fis rendre les derniers devoirs avec le plus de magnificence qu'il me fut poffible. Cette trifte cérémonie achevée, je pris le chemin de Kafgar, & je n'avois pas fait quatre lieues, lorfque j'apperçus un gros de Cavalerie, à la tête duquel je diftinguai Zem-Alzaman ; j'allai à lui, je me jettai en bas de mon cheval, & vou-

(a) *Chojandah*, Ville du Mavaralnahar au pied des Montagnes qui en entourent une partie,

fant ouvrir la bouche pour lui apprendre le cruel événement de
la Princeſſe, je fus ſi ſaiſi que je
n'eus jamais la force de parler ; le
Prince allarmé de la profonde
triſteſſe qu'il voyoit ſur mon viſage, & encore plus de mon ſilence, m'ordonna de lui en expliquer la cauſe, & n'eut pas plûtôt été inſtruit de ſon malheur,
qu'il ſeroit tombé en bas de ſon
cheval, s'il n'avoit été ſoutenu
par deux de ſes Officiers qui
étoient à ſes côtés ; il fut plus
d'une heure ſans connoiſſance,
& enſuite étant revenu à lui, il
fit des plaintes ſi touchantes, qu'il
arracha des larmes de tous ceux
qui l'accompagnoient. A cette
douleur ſucceda une fureur ſi terrible, qu'il ſe ſeroit mille fois
donné la mort, ſi on ne lui avoit
ôté ſes armes. J'ai donc perdu
pour jamais ma chere Zendehroud, s'écria-t'il, & je la perds

par la rage d'un barbare, dont je
ne puis me venger, puisqu'il n'exi-
ste plus : Oh Ciel ! que vous ai-je
fait, pour m'accabler ainsi de votre
courroux ? sans cesse en butte à
vos coups, je les ai reçus sans
murmurer, dans l'esperance de
fléchir un jour votre rigueur; je
comptois enfin en être venu à
bout, puisque la Princesse de Samarcand avoit reconnu mon innocence, & je touchois à l'heureux
moment où j'allois posseder cette
incomparable Princesse, lorsqu'-
elle m'est ravie par l'avanture la
plus cruelle. O souverain Prophete ! quelque résignation que
nous devions avoir pour les volontés du Ciel, je ne puis m'empêcher de murmurer contre ses
decrets; ils me terrassent; Zendehroud est morte ! continua-t'il,
fondant en larmes, elle n'est plus
rien ! Cruel Agem ! monstre execrable, que t'avoit fait cette ado-

rable Princeffe , pour la traiter
avec tant d'inhumanité ? ah ! je
ne veux point lui furvivre. Enfuite ayant ordonné que l'on con-
tinuât de fuivre le chemin de
Chojandah , nous y arrivâmes
après deux heures de marche : Ce
fut-là où fon affliction prit de nouvelles forces ; il penfa mourir en
voyant la robbe enfanglantée de
fon époufe, qu'il voulut abfolument qu'on lui apportât, & verfant fur elle un ruiffeau de larmes, il ordonna que l'on dreffât
un tombeau fuperbe à cette incomparable Princeffe ; & ayant
dès le jour même renvoyé toute
fa fuite , il ne choifit que moi
pour l'accompagner dans les
voyages qu'il entreprit pour étour-
dir fa douleur. Après avoir ,
pour ainfi dire , erré pendant
un tems affez confiderable ,
nous arrivâmes proche de Candahar. Il y avoit à un quart de

lieuë de cette Ville une petite
Mofquée , & un Cimetiere à côté ; il commençoit à fe faire tard,
& le Prince fentant renouveller
fa douleur à la vûe de plufieurs
tombeaux , réfolut d'y paffer la
nuit ; comme je n'ofois m'oppofer à fa réfolution , je cherchai
à mettre nos chevaux en quelqu'endroit où ils puffent paître,
& ayant apperçu à un jet de pier-
re une petite maifon qui me parut être celle de l'Iman de la Mofquée , j'y allai fans héfiter ; je ne
me trompois pas , c'étoit effectivement la demeure de l'Iman ; il
étoit allé à Candahar pour quelque affaire , & ayant prié un bon
vieillard qui demeuroit avec lui ,
de fouffrir que nos chevaux en-
traffent dans fa cour , non-feulement il voulut bien le permettre,
mais encore il leur donna de l'or-
ge fans vouloir recevoir aucun
argent pour cette nourriture.

Après quoi lui ayant dit que j'é-
tois obligé d'aller retrouver mon
maître qui vouloit refter pendant
la nuit entiere dans le Cimetiere, je fortis de la maifon, & fus
rejoindre le Prince, que je trouvai dans une fituation qui m'effraya. Il étoit comme hors de
lui-même : Roud-Bari, me dit-
il, fi j'étois capable de m'épou-
vanter, ce que je viens de voir
m'auroit donné de la crainte :
pendant que tu étois allé chercher à placer nos chevaux, j'ai vû
fortir de ce tombeau un vieillard
venerable : Tu pleures la Princeffe de Samarcand, m'a-t'il dit, &
tu demandes tous les jours au Prophete qu'il finiffe les douleurs qui
t'accablent ; tes prieres font exau-
cées ; vas à Cambaye, c'eft dans
cette Ville qu'elles finiront, &
tu feras rejoint bientôt après avec
Zendehroud. En même tems le
vieillard a difparu, & a laiffé après

lui les traces d'une lumiere très-
brillante. Je n'ai pû d'abord me
défendre des premiers mouvemens que m'a caufé cette vifion;
mais faifant enfuite réflexion que
la Ville de Cambaye eft le terme
où doivent finir toutes mes afflic-
tions, par une mort que je défire
avec ardeur, je ne puis m'empêcher de reffentir toute la joye
poffible de cet évenement. Por-
tons donc nos pas vers le Guzarate, a continué le Prince, &
quandcetteprédiction fera accom-
plie, retourne à Kafgar l'apprendre à Fraydoun. Je fus fi étonné
& fi affligé, pourfuivit Roudbari
de ces difcours, que n'ayant pû
retenir mes larmes : Ah ! mon
ami, me dit-il, fi tu m'aimes, ne
pleure pas le deftin qui m'attend à Cambaye, puifqu'il doit
mettre fin à des douleurs mille
fois plus cruelles que la mort
même. Le Prince repofa peu cet-

te nuit, pour moi je ne dormis presque pas, & si-tôt que le jour eut commencé à paroître, nous remontâmes à cheval, & après avoir traversé les Royaumes de Hajacan, de Buckar, de Tata & de Soret, nous entrâmes dans celui de Guzarate, & arrivâmes hier à Cambaye : nous y allâmes loger dans le Karavanserail, nous en avons été transportés dans ces lieux, sans sçavoir par quel pouvoir cela a pû se faire ; & loin que le Prince mon Maître y trouve le soulagement qu'il y esperoit, il me paroît que ce Palais délicieux augmente ses chagrins, puisqu'il n'a pas lieu de croire qu'il puisse être son tombeau.

Pendant tout le récit de Roud-Bari, Zem - Alzaman avoit été plongé dans une si noire mélancolie, qu'il excitoit une exrrême pitié dans le cœur des Sultanes :

& l'Iman Cothrob voyant qu'elles étoient prêtes à répandre des larmes, il adreſſa ainſi la parole au Prince de Kaſgar : Seigneur, lui dit-il, vous avez aſſez long-tems éprouvé toutes les amertumes de la vie la plus infortunée, le Prophete vous tiendra la parole qu'il vous a fait donner de les faire ceſſer, & ce jour ne ſe paſſera pas ſans que vous ſentiez les effets de ſa prédiction.

A peine l'Iman avoit fini ſon diſcours que deux eſclaves ayant relevé les portieres qui étoient au ſallon, l'on vit paroître un jeune homme d'environ vingt ans, d'une figure charmante : Comme il ſortoit du profond ſommeil qu'on lui avoit procuré, on le ſoutenoit encore ſous les bras ; il ne put s'empêcher d'abord de regarder avec étonnement, & même avec admiration le Palais ſuperbe dans lequel il étoit ; & le

profond filence que l'on y gardoit ayant augmenté fon refpect,
il ne le rompit qu'avec une efpece de crainte : Eft-ce dans ces
lieux enchantés , dit-il, d'une
voix des plus touchantes , que je
dois trouver la fin de mes peines?
Eft-ce dans ce féjour magnifique
que je pourrai rencontrer tout ce
que j'aime ? Grand Prophete !
continua-t'il , ne racourciffez pas
davantage votre bras fur une perfonne qui reconnoît amerement
fes fautes ; pardonnez - moi des
fureurs que je n'ai que trop ex-
piées par les maux que j'ai fouffert , & rendez-moi enfin la tranquillité & la paix dont mon cœur
a fi grand befoin , ou privez-moi
d'une vie qui m'eft tout-à-fait à
charge.

Le jeune homme n'avoit pas
achevé cette priere à Mahomet,
que le Prince de Kafgar frappé
du fon de fa voix , & ayant jetté

les yeux ſur ſa perſonne, ſe laiſſa tomber entre les bras de Roud-Bari: Ah! mon cher ami, lui dit-il, voilà l'accompliſſement de la viſion que j'eus à Candahar, je me meurs!

Si toute l'aſſemblée fut étonnée d'un évenement ſi peu attendu, elle le fut encore bien davantage en voyant ce jeune homme quitter les eſclaves qui le ſoutenoient, ſe jetter au col de Zem-Alzaman, & l'embraſſer avec une extrême tendreſſe: Mon cher Prince, lui dit-il, en fondant en larmes, je vous retrouve donc enfin?

XLI.

XLI. SOIRE'E.

Suite de l'Histoire de Zem-Alza-
man Prince de Kasgar, & de
Zendehroud Princesse de Sa-
marcand.

DEs caresses aussi vives, &
une voix qui alloit jusqu'au
cœur, firent bientôt revenir le
Prince de Kasgar de l'état où il
étoit ; il resta d'abord immobile,
il regardoit ce qui se passoit comme l'effet d'un songe ; mais après
quelque tems, ayant entierement
repris l'usage de ses sens : Oh
Ciel ! s'écria-t'il, est-il possible que
ce soit la Princesse de Samarcand
que je tiens entre mes bras ? est-
ce Zendehroud ? est-ce ma chere
épouse que j'embrasse : Grand
Prophete ! si tout ceci n'est qu'un
rêve, fais que je ne me reveille

jamais, & laiffe-moi goûter avec
cette adorable Princeffe des plai-
firs que j'ofe dire devoir être au-
deffus de ceux que tu nous promets avec tes Houris. Mon cher
Seigneur, dit Zendehroud en
verfant un torrent de larmes, ce
n'eft point une illufion; lorfque le
perfide Agem furprit mon efcorte,
je me traveftis promptement en
homme pour avoir le moyen de
me fauver, & j'ordonnai à une
Georgienne qui étoit de ma taille,
& que j'avois auprès de moi, de
prendre mes habits, & de faire
croire qu'elle étoit la Princeffe de
Samarcand ; apparemment que
quelqu'accident arrivé à cette
malheureufe perfonne, vous aura
perfuadé ou de ma captivité, ou
de ma mort. Ah, s'écria Zem-
Alzaman ! vos préjugés ne font
que trop vrais, cette infortunée
Georgienne eft tombée au pouvoir du brutal Agem , & ayant

trouvé en elle toute la refiftance imaginable à fes infâmes défirs, il a maffacté cette pauvre fille qu'il prenoit pour vous, lui a coupé la tête, & s'eft enfuite donné la mort qu'il ne pouvoit éviter de trouver dans les tourmens les plus horribles, s'il fût tombé tombé vif entre les mains des Soldats que Roud-Bari amenoit à votre fecours ; trompé par les apparences les plus vrai-femblables, ce fidele confident de mes peines, vous a cru la victime des fureurs d'Agem; vos habits, votre taille & la tête défigurée de la Georgienne, lui ont fait croire que vous aviez été arrêtée par fes Soldats, qu'on vous avoit conduit à ce fcelerat, qu'il vous avoit obligé de reprendre les ornemens de votre fexe, & que dans la fureur de ne pouvoir échaper à ma vengeance, il vous avoit facrifié avec fes autres femmes à fa brutale jaloufie : il eft inutile, belle Princeſſe, de vous faire le récit de la cruelle ſituation où je me ſuis trouvé en apprenant cette nouvelle ; depuis ce moment, livré à la plus amere douleur, j'ai cherché à abreger une vie qui m'étoit devenue inſupportable, & j'étois prêt à ſuccomber à la vio- lence de mes maux, lorſque j'ap- pris à Candahar, dans une eſpece de viſion, que je devois vous rejoindre à Cambaye. Je n'avois garde de donner une interpreta- tion auſſi favorable à cet oracle ; j'étois perſuadé que c'étoit dans cette Ville, que par quelqu'éve- nement qui me conduiroit à la mort, je trouverois la fin de mes peines, & que c'étoit de cette maniere que je ſerois réuni à ma chere Zendehroud. Oublions tous ces maux, mon cher Epoux, reprit tendrement la Princeſſe ; puiſque le grand Prophete nous rejoint en ces lieux d'une maniere

ſi ſinguliere, c'eſt une marque
viſible que ſa protection ſera du-
rable. Je n'ai pû vous donner plutôt de mes nouvelles ; ſeule, er-
rante, & fuyant l'execrable Agem,
dont je connoiſſois les mœurs
infâmes, j'avois une telle crainte
de le rencontrer, qu'après avoir
donné la mort à quelques-uns de
ſes Arabes, qui s'oppoſoient à
mon paſſage, j'ai profité de la
vîteſſe de mon cheval, & fuyant
à toutes jambes, je n'ai point été
tranquille que je ne me ſois vûë
hors de danger de tomber entre
ſes mains.

J'étois enfin arrivée près d'A-
dercand (a), & j'avois intention
en y entrant de me faire connoître
au Gouverneur, & de lui demander une eſcorte, pour rentrer dans
le Turqueſtan, & vous aller re-

_____

(a) Ville du Mavaralnahar du côté de
Thibet.

joindre à Kafgar, lorfque près de la porte d'Adercand, je rencontrai le même Calender, que vous pouvez fçavoir que j'avois confulté à Samarcand. Je crus qu'il ne me reconnoîtroit pas fous ce déguifement ; mais m'ayant abordée : Madame, me dit-il, vous avez éprouvé l'effet de mes prédictions, & tous les chagrins aufquels une trop boüillante colere vous a expofée ; remerciez le Prophete de vous avoir fauvé l'honneur & la vie, & rendezvous à Cambaye fi vous voulez voir bien-tôt finir tous vos malheurs.

Je m'étois trop mal trouvée de n'avoir pas fuivi à Samarcand les confeils de ce bon Vieillard, pour tomber une feconde fois dans la même faute : je pris donc la route de Cambaye, & je fuis arrivée cet après midi au Karavanferail de cette Ville : celui qui en a

l'infpection m'y a reçu de la maniere du monde la plus honnête.
Il eft venu dans ma chambre me
voir fouper, enfuite, comme j'ai
fenti que j'avois befoin de repos,
je me fuis livrée au fommeil ;
depuis ce moment je ne fçais ce
que je fuis devenue, ni par quel
enchantement je me trouve tranfportée dans des lieux fi magnifiques ; mais il m'importe peu de
quelle maniere cela peut s'être
fait. Puifque l'oracle du Calender
eft accompli, & que j'ai retrouvé
le Prince mon Epoux, je n'en
demande pas davantage.

Les Sultanes furent très-atten-
dries du dénoüement de ces
avantures, & le Prince de Kafgar
& Zendehroud les ayant remer-
cié dans les termes les plus re-
connoiffans de l'interêt qu'elles
avoient paru y prendre, cette
foirée fe paffa dans une extrême
fatisfaction.

Tous les Princes & Princesses
transportés dans le Serail, y jouis-
soient des plaisirs les plus purs, à
l'exception du Sultan d'Ormuz.
Ce Monarque flatté par les promesses de Cothrob, en attendoit
l'effet avec une extrême impatience, & ne pouvoit s'empêcher
de témoigner à Cothbedin l'agitation où il étoit. Que ma situation est differente de la vôtre,
mon cher ami, lui disoit-il ! vous
possedez tranquillement tout ce
que vous aimez, & moi j'entre-
vois tous les jours ce que j'adore
sans oser l'assurer de mon amour
que par mes regards ; l'on me fait
croire, il est vrai, que cette divine
personne répond à ma tendresse,
mais si le moment heureux, auquel on me promet que je serai
bien-tôt son Epoux, est differé
encore long-tems, je sens bien
que je succomberai dans peu à la
violence de mes maux : Seigneur,

reprit

reprit le Prince de Viſapour, nous avons aſſez éprouvé la protection du ſage Cothrob, pour que vous deviez être perſuadé qu'il ne vous a rien promis qui ne doive vous arriver; n'alterez donc point le plaiſir que vous devez reſſentir à l'attente d'un bonheur ſi prochain, par des inquiétudes mal fondées, & reſignez-vous aux ordres de la Providence qui juſqu'à ce moment ne vous a point manqué.

Les diſcours de Cothbedin ayant un peu remis Cazan-Can, il paſſa la nuit avec aſſez de tranquillité, & l'heure de ſe rendre dans le Sallon étant venuë, il s'y trouva avec toute la compagnie ordinaire. A peine les Sultanes eurent-elles pris leurs places, que les portieres ayant été relevées, on apperçut ſur le Sofa un homme d'environ trente ans, dont la phiſionomie étoit fort avantageuſe; l'on voyoit ſur ſon viſage

un air de triftefle qui fe diffipa peu
à peu par l'étonnement qu'il témoigna d'être dans un lieu qui lui
étoit inconnu, & dont rien n'éga-
loit la magnificence. Quand il
eut repris tout-à-fait l'ufage de
fes fens : Mefdames, dit-il aux
Sultanes, pardonnez ma curiofité ; arrivé d'hier fort tard à Cambaye, j'y logeai dans le Karavanferail; mon intention étoit de faire
aujourd'hui dans le Port & dans
la Ville des perquifitions qui m'in-
tereffent d'autant plus, que féparé
depuis quelques jours par un accident cruel, d'une perfonne qui
m'eft infiniment chere, je ne puis
vivre un moment tranquille ; &
que chaque inftant que je perds
dans fa recherche, augmente mon
défefpoir ; daignez donc m'apprendre fi je veille ; & par quel
hazard furprenant je me trouve
dans ces lieux enchantés ; où fi
vous êtes de ces fantômes gra-

cieux, qui pendant la nuit fe pre-
fentent à l'imagination des hommes : en ce cas inftruifez-moi de
grace, fi ma chere Margeon (a) eft
encore en vie, & dans quels lieux
je pourrai la retrouver? Les Sultanes s'étant mifes à rire de l'idée
de cet homme, Cothrob lui parla
ainfi : La perfonne dont tu es en
peine, fouffre autant que toi de
votre féparation; elle parcourt les
Ports de ces mers pour apprendre
de tes nouvelles, mais c'eft dans
ces lieux que vous vous reverrez
bientôt; tu dois concevoir par ce
que je te dis, que ceci n'eft pas
l'effet d'un fonge; & que les perfonnes que tu y vois font de cette
belle efpece de génies créés pour
faire plaifir aux malheureux; comme tu parois être de ce nombre,
ne differe pas à nous raconter les
évenemens de ta vie; quoique

_____

(a) C'eft-à-dire, Globe de Lumiere,

D d ij

nous ne les ignorions pas, nous voulons toujours les apprendre de la bouche même des perfonnes intereffées ; & fuivant la fincerité qu'elles employent dans leurs récits, nous nous trouvons difpofés plus ou moins à leur rendre fervice.

Puiffant génie, reprit cet hommes, les flatteufes efperances que vous venez de me donner m'engageroient à n'avoir pour vous aucune referve; quand bien même quelque puiffant motif m'obligeroit à vouloir vous cacher une partie de mes avantures : je vais donc vous en faire le récit dans la plus exacte verité.

AVANTURES

De Katifé & de Margeon.

L'On m'appelle Katifé : mon pere qui est mort il y a douze ans, étoit Officier du Roi d'Aden (a) ; de cinq enfans que nous étions, trois de mes freres moururent ; une sœur unique que j'avois, fut enlevée avec sa nourrice à l'âge de quatre ans, & je restai seule la consolation de ma mere, dont la sagesse, la vertu & le bon esprit contribuerent beaucoup à me former le cœur. A vingt ans je pris le parti des armes, & je puis dire sans trop me flatter, que j'acquis quelque réputation dans les dernieres guerres. que notre Monarque eut à soutenir contre

_____

(a) *Aden*, Ville située sur l'entrée de la Mer Rouge.

D d iij

quelques-uns de fes ennemis.

Nous avions pour voifine une jeune veuve très-jolie, à ce que j'entendois dire tous les jours à ma mere qui avoit avec elle quelque liaifon, & ces récits m'ayant rendu amoureux de cette charmante perfonne fur la feule réputation de fa beauté, je cherchai tous les moyens imaginables de m'introduire chez elle ; mais comme elle étoit extrêmement fiere & d'un très-difficile accès, anes tentatives ne réuffirent pas, & je commençois à défefperer de pouvoir jamais parvenir à voir cette beauté fi farouche, lorfqu'il s'en prefenta une occafion que je ne laiffai pas échapper.

XLII. SOIRE'E.

Suite des Avantures de Katifé & de Margeon.

JE paſſois un jour devant un grand Cimetiere qui étoit hors des portes d'Aden , lorſque je rencontrai un de mes camarades de jeuneſſe , appellé Maſch-Moun (a). Comme il y avoit long-tems que nous ne nous étions vûs , nous nous embraſſâmes avec beaucoup de cordialité, & je voulois lier avec lui une converſation qui m'inſtruiſît de ſa ſituation preſente , lorſqu'il ſe couvrit le viſage avec le bas de ſa robbe , & me prenant par la main : paſſons vîte , me dit-il en riant , j'ai des raiſons eſſentielles

―――――――――――――――

(a) C'eſt-à-dire, Tréſor odoriferant.

D d iiij

d'en agir ainſi. Surpris de cette
action je le ſuivis, & nous n'eûmes pas fait deux cens pas, que
rabattant ſa robbe : vous me
demandiez tout à l'heure, continua-t'il , de quelle profeſſion j'é-
tois, ne le connoiſſez-vous pas bien
à preſent ? Nullement lui dis-je.
Je ſuis Médecin, pourſuivit-il, &
ſi vous m'avez vû il n'y a qu'un
moment me cacher le viſage, en
paſſant devant ce lieu de mauvais
augure, c'eſt que comme il y a ici
beaucoup de morts de ma façon,
je crains toujours que quelqu'un
d'eux ne me prenne au collet
pour ſe venger de mon ignorance;
c'eſt la raiſon pour laquelle j'évite
ſouvent de prendre ce chemin, ou
quand je ſuis obligé d'y paſſer,
que j'en agis ainſi que vous m'avez
vû faire, afin de n'être pas reconnu de ces Meſſieurs.

Je ne pus m'empêcher de rire
de la plaiſanterie du Médecin, &

ayant renouvellé connoiſſance
avec lui , je l'engageai à venir
dîner avec moi : nous allâmes
chez une bonne femme âgée , qui
nous donnoit quelquefois à manger fort proprement ; là après
avoir fort bien dîné , & nous être
rappellés pendant le repas les plaiſirs de notre jeuneſſe , nous parlâ-
mes des belles perſonnes d'Aden;
& en lui nommant pluſieurs filles
ou veuves, dont la réputation faiſoit du bruit, je ne manquai pas de
parler de Margeon , & de lui vanter beaucoup tous les charmes
dont on la diſoit pourvûe. A qui
dites-vous cela , reprit Maſch-
Moun ? & qui la connoît mieux
que moi ? Je ſuis ſon Médecin ,
& de plus ſon beau-frere; il y a ſix
mois que j'ai épouſé une de ſes
ſœurs qui demeuroit avec elle , &
qui ne lui cede guéres en beauté;
elle s'appelle Darana , & je puis
dire qu'en poſſedant le cœur de

cette femme adorable, & qui me
donne les marques les plus fenfibles d'une veritable tendreffe,
je fuis le plus heureux de tous les
hommes.

Je fus tranfporté de joie à cette
nouvelle : ah ! mon cher ami, lui
dis-je en l'embraffant, eft-il vrai
que cette jeune veuve foit auffi
charmante qu'on le dit. Oüi certainement, reprit Mafch-Moun,
il ne fe peut rien voir de plus parfait ; & ce qu'il y a de fingulier,
c'eft que quoique Margeon foit
veuve, fon mari qui n'a vêcu que
trois mois après fon mariage, n'a
pas pendant ce tems ufé avec elle
de fes droits, par rapport à une
maladie qu'elle avoit, & qu'elle
a encore, quoique j'aye employé
tous les remedes imaginables pour
la guérir, & que j'aye confulté à
fon fujet les plus vieux & les plus
habiles Médecins d'Aden.

Et quel eft ce mal fi opiniâtre

demandai-je à mon ami ? C'eſt,
me dit-il, un ulcere des plus malins
au bras droit. Un ulcere, m'écriai-
je, tranſporté de joie, un ulcere ?
Ah ! mon cher Maſch-Moun, je
l'en guérirai radicalement ; mais
il faut que je voye ſon mal. Vous
ſeriez bien habile, reprit le Médecin, ſi vous ſçaviez faire une
auſſi belle cure : Mehemed
Ben-Zekeria (a) quand il ſeroit

─────────────────────────

(a) Mehemed, fils de Zekeria, eſt le fameux
Médecin Arabe connu ſous le nom de Razis
qui n'eſt pas ſon propre nom, mais le nom ap-
pellatif de la Ville de Rei, dans le Royaume de
Perſe d'où il étoit ; & ce ſuivant les regles de
la Grammaire Arabe, de meme que de Par's
on fait Pariſien, ainſi Razis n'étoit pas Arabe,
mais Perſan, & s'il doit étre appellé Médecin
Arabe, c'eſt parce qu'il a écrit en Arabe ; &
qu'il a pratiqué & enſeigné la Médecine des
Arabes. On raconte de lui un trait aſſez ſingu-
lier ; un jour qu'il étoit accompagné de pluſieurs
de ſes Diſciples, il rencontra un fou, qui après
l'avoir regardé fixement, ſe prit à rire de toutes
ſes forces : Razis en rentrant chez lui, fit
d'abord préparer une Médecine avec de l'Epi-
thim qui croît ſur le Thim par filamens, &
dont les Médecins ſe ſervent encore aujourd'hui

encore en vie ne parleroit pas ſi
hardiment que vous, & malgré
toute ſa capacité, il craindroit de
n'en pas venir à ſon honneur, dans
une pareille entrepriſe. Sans me
mettre en parallele avec ce grand
homme, puiſque je ne ſçai pas les
premiers élemens de la Médecine, je vous aſſure, lui dis-je,
que je guérirai Margeon, mais je
ne prétends pas le faire gratuite-
ment; je veux être aimé d'elle,
& de plus, il faut qu'elle m'épouſe,
c'eſt le prix que je mets à ſa gué-

pour purger la bile, & avala cette potion. Ses
Ecoliers ſurpris de ce qu'il prenoit ce remede
dans un tems où il paroiſſoit n'en avoir pas
beſoin : Cela vous étonne, leur dit il, j'ai
obligation à ce fou que je viens de trouver en
mon chemin de ce que je viens de faire ; il a ri
beaucoup en me voyant, & il ne l'auroit pas
fait, s'il n'avoit apperçû en moi quelque choſe
de la bile noire qui m'accable ; chaque oiſeau
vole avec les oiſeaux de ſon eſpece. Cette par-
ticularité de la vie de Razis eſt tirée de l'inſtruction en Perſan : d'*Emir onzor el maali
kikiaous*, Roi du Mazandéran pour ſon fils
Ghilan ſchah ſous le titre de *Kabous-Nameh*.

rifon. Oh! pour ce dernier article,
repartit mon ami, je ne fçais fi
vous pourrez en venir à bout :
Cette belle veuve a une étrange
averfion pour le mariage. Je le
crois bien, repris-je ; fuivant ce
que je fçais de ma mere, elle avoit
époufé un homme âgé, laid, in-
firme, cela ne ragoute pas une
jeune perfonne ; & je jurerois
prefque qu'elle n'a point été fâchée que l'ulcere ait fervi de prétexte, pour ne fe pas livrer entre
les bras d'un vieillard, pour lequel
elle avoit fans doute beaucoup de
répugnance ; mais je fuis jeune ;
la nature m'a favorifé d'une figure
qui n'eft pas defagréable, & je
puis dire que nous autres gens de
guerre, nous avons en amour un
jargon féducteur, qui ordinairement ne déplaît pas aux belles ;
par-deffus tout cela je me flatte,
que les rigueurs de Margeon ne
tiendront pas contre mon remede,

dont les effets font indubitables ;
& qu'à quelque prix que ce puiſſe
être , elle voudra être guérie :
Pour vous convaincre , continuai-je , que je ne ſuis pas un
Charlatan , & que je ne promets
rien que je ne puiſſe effectuer :
Ecoutez ce que je vais vous dire.

XLIII. SOIRE'E.

Suite des Avantures de Katifé & de Margeon.

UN Officier de mes amis a un
petit bien à quelques lieuës
d'ici ; il aime la chaſſe , & il a trois
chiens des mieux dreſſés. Je paſſai
l'année derniere ſix mois avec lui
à ſa campagne , & je le vis en y
arrivant , fort chagrin de ce que le
meilleur de ces trois animaux étoit
couvert d'une galle qui s'étoit
trouvée rebelle à tous les reme-

des que l'on avoit pû y employer ;
l'humeur étoit devenue si mordi-
cante, qu'elle rongeoit ce miserable jufqu'aux os , & l'ulcere
étoit parvenu au point que ne
pouvant prefque fe foutenir, il
étoit mourant de langueur. Touché de pitié, je pris un jour ce
chien par fa leffe , & je le menai
promener dans la campagne ; les
animaux, me dis-je à moi-même,
connoiffent prefque tous les remedes à leurs maux , celui-ci
trouvera peut-être quelqu'herbe
qui lui fera falutaire : effayons
s'il n'y en auroit pas qui pût aider
à fa guerifon ; je le conduifis dans
les prez , fans qu'il touchât à
rien , & le hazard m'ayant fait
approcher d'une fontaine , qui
en fortant abondamment d'une
roche , formoit un affez grand
baffin , dont l'eau qui fe perdoit
enfuite par plufieurs rigoles, arro-
foit les prairies voifines, je jugeai

à propos d'y faire boire ce chien
qui me paroiſſoit très-alteré. Il
entra dans le baſſin de la fontaine,
& après avoir bû de l'eau à pluſieurs repriſes , il s'y plongea juſqu'au col, & y prit une eſpece de
bain pendant plus d'une heure. Je
ne fus pas ſurpris de voir que ce
pauvre animal dont le ſang devoit
être d'une extrême acreté , eût
cherché à ſe rafraichir de cette
maniere ; mais je le fus des careſſes extraordinaires qu'il me fit
après être ſorti de l'eau , de lui
trouver alors beaucoup plus de
vigueur qu'auparavant ; & je fus
encore plus étonné le lendemain,
de voir qu'il me tiroit par ma
robbe, & de ce qu'il me montroit,
pour ainſi dire , le chemin de la
fontaine ; je m'y laiſſai conduire,
il fit la même choſe que la veille,
& le repeta pendant près de trois
ſemaines, au bout deſquelles il ſe
trouva ſi parfaitement guéri que
son

son maître en fut dans un étonnement extrême. Voilà mon remede, mon cher Mafch-Moun ; je
fçai feul la vertu de l'eau de cette
fontaine ; & quand avec fon fecours, j'aurai entierement guéri
la belle Margeon, je vous décla-
rerai où elle eft fituée, pour lors
vous en ferez votre profit ; mais
voici ce que j'exige de vous jufqu'à ce moment : Vantez mon
remede, & faites-moi paſſer pour
un celebre Médecin, conduiſez-
moi chez cette adorable veuve,
& laiſſez-moi le foin du refte.

Quelque peu de foi que Mafch-
Moun ajoutât à l'efficacité de
l'eau que j'eſtimois tant, il ne
voulut pas negliger cette expe-
rience ; la chofe fut exécutée,
ainfi que je l'avois propofé, &
après avoir fait beaucoup fouhaiter ma prefence à fa belle-fœur,
il me prefenta à elle, comme le
feul qui pouvoit adoucir fes maux.

Quoique Margeon fouffrît extra-
ordinairement, & que cela dût
caufer beaucoup de changement
fur fon vifage, j'avoue que j'en fus
ébloüi, & que je n'avois jamais
rien vû de fi parfait. J'examinai
fon bras, qui étoit dans un état
déplorable, je raifonnai fur fa maladie ; je lui fis efperer une prompte guérifon, & après lui avoir fait
prendre quelques purgatifs doux,
pour mettre les humeurs en mouvement, je lui fis boire pendant
quinze jours, foir & matin, une
bouteille d'eau que je lui apportois, & que de tems en tems
j'allois moi-même chercher pendant la nuit à cette fontaine ; au
bout d'un terme fi court, Margeon
fe trouva fi differente de ce qu'elle
étoit auparavant, que m'en témoignant la plus vive fatisfaction,
j'en conçus une joie extrême ;
votre entiere guérifon eft prochaine, belle Margeon, lui dis-je, &

je ne doute point quand elle fera parfaite, que vous ne changiez bien-tôt d'état ; celui dans lequel vous vous trouvez eſt trop triſte, & vous n'êtes pas faite pour paſſer ainſi vos plus beaux jours : Daignez pour en avoir de plus heureux, agréer les offres d'un cœur qui vous adore, & dans votre Médecin, reconnoiſſez un amant qui fera toujours ſon principal bonheur d'être aimé de vous.

Margeon à ce diſcours ſi peu attendu, fut dans un étonnement incomprehenſible ; elle fut quelque tems à obſerver le ſilence, & me regarda avec des yeux ſi irrités, que je tremblai comme un coupable que l'on conduit à la mort. Penetré de la plus vive douleur, je me jettai à ſes pieds ! Madame, lui dis-je, avant que de faire éclater toute votre colere, daignez m'entendre, & permettez-moi de juſtifier une audace dont je ne

E e ij

puis me repentir, puifqu'elle vous
a été fi falutaire ; je ne fuis pas
Médecin , quoique je poffede
feul le fecret qui peut fouveraine-
ment vous guérir : vous voyez à
vos genoux un Cavalier qui a
acquis quelqu'honneur dans les
armes, & j'ai l'avantage d'être fils
d'une de vos meilleures amies,
puifque je dois le jour à Serag
votre proche voifine : inftruit par
elle de vos perfeétions, je vous ai
aimé fans vous connoître, je vous
adore depuis que je vous ai vûe,
& de quelque rigueur dont vous
puiffiez vous armer contre moi,
je vous jure, par la tête de notre
illuftre Sultan, que je ne cefferai
jamais de vous aimer avec la foumiffion la plus parfaite ; je ferai
tous mes efforts pour vaincre en
vous l'averfion mal fondée que
vous avez pour tout notre Sexe ;
& je me flatte, que lorfque le
tendre Katifé vous rend, pour ainfi

dire, à la vie, vous n'aurez pas la
cruauté de lui donner la mort.

Ces dernieres paroles que je
ne prononçai pas sans répandre
des larmes, parurent toucher Margeon : Seigneur, me dit-elle un
peu émue, le service que vous
m'avez rendu, exige que je vous
pardonne la liberté que vous avez
prise de vous introduire chez moi
sous ce déguisement ; mais en
commençant à me procurer quelque soulagement, vous me faites
connoître combien votre amour
est mercenaire ; il falloit attendre
à me faire cette déclaration, que
je fusse entierement guérie, & il
semble que je ne doive esperer le
rétablissement total de ma santé,
qu'après vous avoir assuré de ma
main ; si ce sont là vos prétentions,
& que vous vous soyiez persuadé
de me mettre par-là dans la ne-
cessité de vous épouser, vous.
vous trompez très-fort ; je resterai

dans l'état où je me trouve, plutôt
que de vous rien promettre, ma
fierté en souffriroit trop ; vous
me connoiffez mal : je vous dirai
pourtant, pour votre confolation,
que jufqu'à prefent, je n'ai rien
aimé, pas même mon défunt mari,
fi je puis ainfi appeller un homme
qui n'a jamais ufé avec moi des
droits que mes parens, fans con-
fulter mon cœur, lui avoient
donné fur ma perfonne : je vous
parle de bonne foi, comme vous
voyez, & je vous avoüerai de
plus, que fi j'avois à m'attacher à
quelqu'un, ce feroit peut-être à
vous, puifque je ne vois rien dans
Katifé qui me déplaife, fi ce n'eft
l'envie qu'il a paru avoir de me
contraindre à n'être point ingrate
envers lui des fervices qu'il a
commencé à me rendre.

XLIV. SOIRE'E.

Suite des Avantures de Katifé
& de Margeon.

JE fus si étonné de la réponse
de Margeon, & de sa maniere
de penser, que j'en restai quelque
tems immobile; mais ensuite prenant sur le champ mon parti : Hé
bien, Madame, lui dis-je, je
vous prouverai mon désinteresse-
ment en vous délivrant entierement d'un mal qui a paru incu-
rable aux plus celebres Médecins
d'Aden, & en ne vous en deman-
dant jamais aucune récompense ;
il me suffit de vous avoir fait connoître mon amour & un dévoüe-
ment entier à vos volontés, je me
flatte que ma persévérance adou-
cira enfin vos rigueurs. Cela pourroit bien être, me dit la belle

veuve, mais je ne vous promets
rien, afin que vous ne puissiez
pas être en droit de rien exiger
de moi.

Je continuai de faire boire de
l'eau à Margeon ; je lui en fis ensuite apporter assez tous les jours,
pour qu'elle pût s'y baigner, &
cette charmante personne recou-
vrant ensuite la santé de jour en
jour, & l'ulcere ayant entierement disparu, je laissai à Masch-
Moun tout l'honneur de cette
cure.

La joie que Margeon ressentoit
d'une guérison si prompte, après
avoir souffert les plus cuisantes
douleurs pendant plus de trois
ans, brilloit dans ses yeux qu'elle
avoit les plus beaux du monde,
& je ne pouvois en soutenir les
regards sans en être touché de
plus en plus. Madame, lui dis-je
alors, vous n'avez plus besoin de
mon secours ; & je serai trop payé
du

du fuccès de mon remede, fi ma
préfence ne vous devient pas im-
portune. Seigneur, me répondit
cette aimable perfonne, je vous
verrois toujours fans répugnance
(c'eft le moins que je puiffe faire
pour un fi grand bienfait que je
tiens de vous,) mais comme vos
vifites pourroient nuire à ma réputation, je vous crois affez pru-
dent pour les ceffer ; vous m'êtes
venu voir avec mon beau-frere,
vous avez depuis ce tems toujours paffé chez moi pour un
Médecin ; aujourd'hui que toute
la Ville eft informée que je fuis
guérie, mes efclaves foupçon-
neroient ma conduite, s'ils vous
voyoient trop frequemment dans
ma maifon.... Qu'ils font heureux, m'écriai-je, ces efclaves !
Ils vous verront à tous momens,
Madame, votre feule préfence
les ranime, & moi je vais langui
loin de vous, que j'envie leur

Tome II.   F f

fort ! L'avantage qu'ils ont d'être auprès de moi leur coûte un peu cher, reprit Margeon en riant, & je ne crois pas, Seigneur, que vous vouluffiez être à leur place : Je ne le fouhaiterois peut-être pas non plus, je pourrois un jour avoir des vûës fur vous..... Ah ! Madame, dis-je alors, en interrompant cette belle perfonne, quelles flatteufes paroles venez-vous de prononcer ! Vous auriez des vûës fur moi ? Que je m'eftimerois heureux, fi cela pouvoit être ! Non, Madame, il n'eft rien que je ne fiffe pour meriter ce bonheur. Et bien, continua Margeon, voyons fi vous me dires la verité ; vous fentez-vous capable de foutenir deux épreuves des plus rudes ? elles feront longues & difficiles ; fi vous en venez à bout, je vous promets de vous époufer Il n'eft aucune condition, telle qu'elle puiffe être, repris-je

précipitamment, à laquelle je ne
me foumette avec vous, pourvû
que l'efpérance de vous plaire me
foutienne. C'eft ainfi que l'on
m'a appris que parloient tous les
amans, me dit alors la charmante
Margeon ; ils ne tiennent pas
d'autre langage , mais font-ils
devenus nos maris ? que leurs
manieres de penfer & d'agir font
differentes ! Ce font prefque toujours des tyrans qui nous traitent
en efclaves ; & peu contens de
n'avoir plus pour nous ces em-
preffemens fi vantés , & qui devoient durer éternellement , les
parjures & les infideles nous accablent fouvent d'un fouverain mépris , nous facrifient à la premiere
paffion qu'ils reffentent , & nous
retiennent encore dans la plus
fevere captivité : Voilà, Seigneur,
ce que j'ai fçû de toutes les jolies
femmes d'Aden , & leurs plaintes
générales me font connoître le

mauvais cœur de tous les hommes ; pour moi élevée avec des
fentimens au-deſſus des perſonnes
de mon ſexe, & aujourd'hui maîtreſſe abſolue de mon ſort, je ne
me livrerai jamais à un homme,
pour être mon Epoux, que je ne
le connoiſſe à fond, & je ne puis
le bien connoître, qu'en l'expo-
ſant aux épreuves les plus fortes,
& que je ne crois pas, malgré
tous vos empreſſemens devoir
vous déclarer. Ah ! Madame,
m'écriai-je alors, en me jettant à
ſes pieds, je vous le répete encore,
expliquez-moi, quelles ſont ces
choſes ſi difficiles à executer, &
je vous jure, à moins qu'elles ne
ſoient au-deſſus des forces humai-
nes, que je me ſoumets à les
entreprendre. Et bien, me dit
alors Margeon, les voici, puiſque
vous ſouhaitez abſolument les
ſçavoir, & peut-être vont-elles en
un moment éteindre toute votre

paſſion; mais après avoir eu la complaiſance de m'expliqueravec vous, & de vous paroître peut-être ridicule par des ſentimens ſi particuliers, ſoumettez-vous y, où renoncez pour toute votre vie à me voir; il eſt encore tems de ne point me preſſer ſur cet article. Ah ! Madame, repris-je, après m'avoir laiſſé l'eſperance de vous toucher par ma ſoumiſſion, pourriez-vous m'ôter la ſatisfaction de vous prouver que je n'ai pas le cœur fait comme les autres hommes ? Vous le voulez donc ? me dit alors Margeon, voici les conditions que je vous impoſe : Premierement, il faut que vous deveniez mon eſclave dans toutes les formes, c'eſt-à-dire, que vous vous faſſiez preſenter à moi par un Courtier, qu'il vous vende réellement, qu'il en reçoive le prix, & que vous ceſſiez tellement d'être libre dès ce moment, que je

puiſſe même vous revendre, ſi je
ne ſuis pas contente de vos ſervices ; n'attendez pas, au reſte, que
je vous employe dans l'interieur
de mon appartement ; des hommes faits comme vous, n'y doivent
jamais entrer ; vous ne m'y verrez
qu'en preſence de mes femmes
eſclaves, & ſous peine de la vie,
il vous ſera défendu ni de faire
connoître qui vous êtes, ni de me
dire jamais un ſeul mot qui ait du
rapport à votre amour : cet eſcla-
vage durera un an entier ; la ſeule
grace que je veux bien vous faire,
c'eſt de ne vous donner aucune
commiſſion dans la Ville ; mais
attendez-vous, dans la maiſon,
à être humilié à tous les inſtans
du jour, & à être traité avec la
derniere hauteur, ſans qu'il vous
échappe le moindre murmure ;
cette premiere épreuve ne vous
effraye-t'elle pas ? Non, Madame,
repris-je avec précipitation, je

l'accepte fans héfiter ; je vous verrai quelquefois, mes fervices tels qu'ils puiffent être, vous exprimeront fans ceffe la vive tendreffe que je reffens pour vous, cela me fuffit.

Margeon parut furprife de la vivacité de ma réponfe : Ce n'eft pas encore tout ce que je demande de vous, me dit-elle : cette année expirée à mon fervice, en cas que je fois contente de votre docilité, il faut me prouver votre complaifance & votre foumiffion par quelque chofe de plus difficile ; je vous rendrai la liberté, mais je veux dès ce moment que vous perdiez l'ufage de la parole, & que vous deveniez volontairement muet pendant une autre année ; il ne vous fera pas permis de proferer un feul mot à qui que ce foit, pas même à moi, quand je vous l'ordonnerois dans le particulier, en quelqu'occafion, &

fous quelque prétexte que ce puiffe être ; je vous défends auffi de rendre compte à perfonne, ni par écrit, ni par aucun gefte, des raifons que vous aurez de garder un filence auffi obftiné ; faites furtout une extrême attention à ces derniers ordres ; je mettrai tout en ufage pour vous faire tomber en défaut, & fi j'en puis venir à bout, comptez que, dès ce moment, vous perdrez le fruit de toutes vos peines & de vos foumiffions.

Quoique ce commandement me paroiffe d'une execution plus pénible que le premier, je m'obferverai, Madame, dis-je à Margeon, avec tant de précautions, que j'efpere ne point encourir votre difgrace ; je reçois donc encore ces conditions avec un extrême plaifir, quelqu'onereufes qu'elles puiffent être ; & je vous prouverai par une obéiffance fans bornes, que je merite toute votre

tendreſſe : mais, Madame, que
pourra penſer Maſch-Moun de
ce ſilence ? il vient ſouvent chez
vous, il me reconnoîtra ſans doute
ſous un habit d'eſclave ; mon obſtination à ne point parler, lui deviendra ſuſpecte ; il s'en explique-
ra dans Aden, & ces conſéquen-
ces peuvent nuire à votre réputation qui m'eſt auſſi chere que la
vie. Je vous remercie de cette
attention, me dit ma belle veuve ;
j'y pourvoirai ; écrivez dans ce
moment à Maſch-Moun, & dé-
couvrez-lui le ſecret avec lequel
vous m'avez guérie, je me charge
de lui remettre votre Lettre, &
je l'engagerai bien au ſilence, en
lui faiſant craindre que la moindre indiſcretion de ſa part ne
vous force à rendre public un
reméde qui ſeul peut faire ſa
fortune.

J'écrivis au Médecin, & lui
marquai ſimplement le lieu où

étoit située cette fontaine si salu-
taire ; & après avoir remis mon
billet à Margeon, je l'assurai de
la parfaite disposition que j'avois
à lui obéïr dans ces deux points
si essentiels.

La surprise de ma veuve redoubla en voyant que je me sou-
mettois à tout ce qu'elle vouloit
exiger de moi. Vous le voulez
donc, Seigneur, me dit-elle, &
vous n'êtes pas effrayé des obstacles extraordinaires que j'oppose
à votre amour : Et bien, il faut
se rendre à votre obstination, je
vous donne pourtant encore huit
jours pour y penser murement,
après quoi je vous attends pour
mon esclave ; tremblez en vous
imaginant tout ce que vous aurez
à souffrir de mes caprices pendant deux ans entiers, & faites
réfléxion qu'un seul instant peut
vous ravir le fruit de toutes vos
peines. Ma résolution est prise,

Madame, repartis-je avec fermeté, mon amour est plus fort que tous les obstacles que vous pourrez y opposer; dès demain je prétends l'executer. Suivez donc votre dessein, me dit Margeon, & soyez sûr, si vous m'obéissez exactement dans tout ce que j'exige de vous, d'en obtenir la récompense que je vous ai promise; je ne craindrai plus de prendre pour Epoux un homme que j'aurai vû aussi soumis à mes volontés, & qui aura soutenu des épreuves aussi pénibles.

XLV. SOIRE'E.

Suite des Avantures de Katifé & de Margeon.

JE quittai Margeon transporté de joie, après avoir embrassé ses genoux, continua Katifé, &

je courus fur le champ , me ren-
fermer chez moi pour rêver de
quelle maniere je pourrois executer mes projets. Le lendemain
j'allai chez un Marchand d'efclaves de ma connoiffance , & lui
ayant communiqué mes intentions, il en frémit : Ah ! Seigneur,
me dit-il, que demandez-vous de
moi ? fi notre Sultan fçavoit que
j'euffe vendu un homme libre ,
que deviendrois-je ? & à quoi ne
vous allez-vous pas expofer vous-
même ? fi j'ai affez de foibleffe
pour me prêter à vos volontés ,
n'avez-vous pas tout à craindre
des caprices d'une femme ; maîtreffe abfolue de votre liberté , ne
peut-elle pas vous réduire pour
toujours dans un dur efclavage,
en vous revendant à un maître
qui vous tranfportera peut-être
hors de ce Royaume ? Non, Seigneur, je ne fçaurois me réfoudre
à vous obéir dans cette occafion.

En vain le Marchand s'oppofa
à mes defirs, je le forçai pour fa
fûreté à prendre une reconnoiffance par laquelle c'étoit à ma
feule follicitation qu'il difpofoit
de ma perfonne, & que quelqu'accident qui pût m'en arriver,
je ne prétendois pas qu'il en fût
inquieté; j'exigeai feulement de
lui, que par quelque raifon que
ce pût être, il ne parlât jamais de
cette avanture, & je le menaçai de
lui arracher la vie, s'il ofoit par fes
difcours indifcrets commettre la
reputation de ma belle veuve. Je
me fis enfuite rafer entierement la
barbe, je m'habillai d'une maniere
convenable au rôle que j'allois
jouer; mon Marchand m'alla annoncer à Margeon, & lui fit entendre qu'informé qu'elle avoit
befoin d'un efclave, il venoit lui
en prefenter un qu'il efperoit pouvoir lui convenir,

Mon adorable veuve qui s'étoit

imaginée que les réfléxions me détourneroient de mon deffein, fut d'abord furprife de la propofition ; mais ayant dit à cet homme qu'il pouvoit me produire, il vint me prendre chez lui, me conduifit chez Margeon , me vendit pour cinquante pieces d'or qu'il emporta fuivant mes ordres , & dont je voulus qu'il profitât , & me laiffa dans un efclavage que je m'imaginai devoir être d'autant plus doux, que je croyois avoir fouvent le plaifir de voir ma chere maîtreffe ; mais que j'eus bientôt lieu de connoître que je m'étois lourdement trompé dans mes projets !

A peine fus-je entré dans cette maifon , que Margeon me regardant d'un œil fevere ; Mani, me dit-elle , (car c'étoit le nom que le Marchand d'efclaves m'avoit donné) je compte avoir fait une bonne acquifition dans l'emplette

que je viens de faire de votre personne, & que vous me servirez
fidelement; allez à ma maison de
campagne, rendez cette lettre au
Concierge, je lui ordonne de vous
établir Inspecteur des ouvrages
que je fais faire dans mes jardins :
j'irai dans quelque tems voir de
quelle maniere vous vous serez
acquitté de cet emploi. Quoique je
me sentisse pénétré de douleur en
recevant un ordre qui m'éloignoit
de ma Maîtresse, je me ressouvins
des conditions qu'elle m'avoit
imposées ; je baisai le bas de sa
robbe, je reçûs sa lettre sans pouvoir m'empêcher de verser des
larmes, dont elle s'apperçut fort
bien, & je partis pour me rendre
au lieu de ma destination. Comme
toute ma vie j'ai eu beaucoup de
goût pour la culture des jardins,
je ne fus pas plutôt admis dans
mon poste, que cherchant à y
plaire à Margeon, je fis travailler

avec application les efclaves qui
m'étoient foumis, & fur des deffeins que je leur donnai, dans
l'efpace de quinze jours, je mis
le jardin dans un état que je me
perfuadai que j'en recevrois fûrement des complimens de ma
Maîtreffe la premiere fois qu'elle
viendroit voir mon ouvrage : mais
quelle fut ma furprife, lorfqu'elle
eut examiné ce que j'avois fait
faire, de voir que loin de l'approuver elle le blâma dans toutes
fes parties par les plus mauvaifes
raifons du monde, & qu'elle me
commanda d'en changer toute
l'ordonnance ! quelque mortifica-
tion que je reffentiffe de cette
bizarrerie, je n'eus garde de la lui
témoigner. Si je pouvois deviner
votre goût, lui dis-je, Madame,
je m'efforcerois de le fatisfaire.
Tâchez de le découvrir en faifant
mieux, me répondit-elle affez
féchement, je n'ai point d'ordres
particuliers

particuliers à vous donner là-
deſſus, je reviendrai dans dix
jours ; faites vos efforts pour que
je ſois contente de votre ouvrage.

Margeon m'ayant tourné le
dos en ce moment, je reſtai plongé dans le plus violent chagrin :
mais peu de tems après, étant
rentré en moi-même, tout ce-ci
n'eſt fait que pour m'éprouver,
me dis-je à moi-même, & pour
exercer ma patience : ma belle
veuve a trop de bon ſens pour ne
pas ſentir la difference de ce jardin à ce qu'il étoit auparavant,
mais elle n'en veut pas convenir;
n'importe, tâchons de la mettre
dans la néceſſité de ne pouvoir
trouver à redire à mon ouvrage :
alors je compoſai un nouveau
deſſein ; & ayant entierement
changé mon parterre, j'en fis un
dans les compartimens duquel on
voyoit le chiffre de ma Maîtreſſe,
& des cœurs enflammés ; mais il

n'eut pas le bonheur de lui plaire
davantage, & après m'en avoir
fait recommencer & détruire cinq
ou six avec aussi peu de raison :
vous n'entendez rien à l'économie
des jardins, me dit-elle, vous
n'avez qu'à revenir à Aden, je
vous y donnerai d'autres occupa-
tions. Quoique je fusse outré des
caprices de cette belle, l'ordre
que je venois de recevoir de revenir auprès d'elle me consola de
plus de quatre mois que j'avois
passé à la campagne sans la voir
que par intervalles. Je retournai
donc à la Ville, mais mon sort
n'en fut pas plus doux ; j'y fus
employé aux ouvrages les plus
pénibles de la maison, & quand
j'avois le bonheur une fois en
quinze jours de voir Margeon,
ce n'étoit que pour en recevoir
des discours toujours desagréables. Je me livrois quelquefois
au plus violent désespoir, de voir

avec quelle apparence de mépris
j'étois traité ; & fi je n'avois pas
été foutenu par l'efpérance , &
par un amour auffi vif que celui
que je reffentois pour elle , je
crois que je me ferois cent fois
donné la mort. Que vous dirai-je ,
puiffans Genies ? je paffai mon
année entiere dans la douleur &
dans l'amertume , & fans avoir pû
jamais m'attirer un feul regard
favorable de la cruelle Margeon.
Enfin l'année expirée , elle me fit
appeller dans fon cabinet.

XLVI. SOIRÉE.

Suite des Avantures de Katifé
& de Margeon.

VOus êtes libre, Mani , me
dit ma belle veuve , que je
trouvai feule fur fon fopha ; voilà
un écrit par lequel je vous rends à

vous-même ; je vous avoue que
je n'attendois pas de vous un
sacrifice aussi complet , & une
obéissance aussi aveugle ; cette
année de probation m'oblige avec
justice à vous accorder mon estime ; mais chez moi , il y a encore bien du chemin de l'estime à l'a-
mour : vous avez une autre année
à souffrir, & peut-être qu'elle vous
fera plus rude à passer que celle
dont vous sortez : souvenez-vous
bien , qu'en quittant cet habit
d'esclave , que vous êtes muet ,
que vous l'êtes de maniere qu'il
ne vous fera pas permis , ni par
l'écriture , ni par aucun signe de
faire connoître le sujet pour lequel vous aurez perdu la parole ,
& que je suis l'objet de vos dé-
sirs. Je vous le répete encore ,
je vous mettrai à l'épreuve de
toutes les façons , j'employerai
toutes les rufes possibles pour
vous faire tomber dans la déso-

béiſſance ; s'il vous échappe un
ſeul mot, vous pouvez compter
dès ce moment que vous perdrez
l'eſperance d'être mon époux,
qui ni larmes, ni prieres ne repa-
reront jamais votre faute, & que
je ſerai infléxible à votre égard.
Au reſte ne croyez pas que,
quoique hors de 'ma préſence,
j'ignore ce que vous ferez, le
détail de votre conduite, ni vos
moindres démarches, je n'épar-
gnerai rien pour les éclairer, &
vous ſerez inceſſamment envi-
ronné d'eſpions à mes gages, qui
me rapporteront juſqu'à vos pen-
ſées ; ſi vous reſiſtez à tout ce
que je vais faire, pour vous faire
tomber dans les piéges que l'on
vous tendra de toutes parts, je
vous rends, d'aujourd'hui en un
an, maître de ma perſonne ; mais
juſqu'à ce tems, je vous défends
de m'écrire, ni de vous préſenter
devant moi, pour quelque raiſon

que ce puiſſe être, à moins que je
ne vous mande.

J'écoutai avec une extrême attention tout ce que me dit Margeon,
& n'oſant y répondre, je crus
qu'il ſuffiſoit par mes actions de
lui faire comprendre que je me
ſoumettois volontiers à ce qu'elle
exigeoit de moi ; je me jettai à
ſes genoux, & je les embraſſois
avec ardeur, lorſqu'elle me releva avec bonté, & approchant ſa
joue de la mienne, elle me donna un baiſer qui me rendit ſi interdit, & me combla d'une joie
ſi ſenſible, que peu s'en fallut
que dès l'abord, je n'oubliaſſe ce
à quoi je venois dans le moment
même de me ſoumettre : j'ouvris
la bouche, j'allois parler, mais
heureuſement la réfléxion venant
à mon ſecours, je n'articulai que
des ſons qui ne ſignifioient rien,
& j'imitai ſi parfaitement le langage d'un muet, qu'elle ne put

s'empêcher d'en éclater de rire ;
allez, me dit-elle, aimable Mani, c'est fort bien commencer,
il ne vous sera peut-être pas si
difficile que je le pensois, d'e-
xecuter mes ordres avec de pareilles dispositions ; je ne con-
seillerois pas à une personne de
mon sexe de s'exposer à une
telle épreuve ; je craindrois trop
qu'elle n'y succombât; mais après
la conduite que vous avez tenue
auprès de moi dans votre esclavage, je dois tout attendre de vous;
& je ne puis vous exprimer combien je vous sçaurai de gré de la
victoire que j'espere que vous
remporterez sur vous-même.

Margeon en me disant ces dernieres paroles, me tendit une
main, qui pour la blancheur, auroit fait honte à l'albâtre ; je regardai ce geste favorable comme
une permission tacite de la baiser,
& je ne me trompai pas, puisque

loin de la retirer, elle souffrit
que j'y imprimasse mes levres
avec des transports si extraordinaires, qu'elle m'en parut très-
émue ; adieu. mon cher Mani,
me dit-elle, c'est la derniere fois
que je vous donnerai ce nom,
vous devez être aujourd'hui bien
content de moi; vous êtes suffisamment payé de ce que vous
avez pû souffrir dans votre année
d'esclavage. Conservez les bons
sentimens dans lesquels vous êtes
à mon égard, vous aurez de mes
nouvelles plus souvent que vous
ne pensez; mais tenez-vous bien
sur vos gardes ; je ne puis trop
vous en faire souvenir, & craignez de vous laisser surprendre
par tous les artifices dont je me
servirai contre vous.

Je quittai Margeon penetré de
la joie la plus vive : cette belle
veuve m'aime, me dis-je à moi-
même, je n'en sçaurois douter,
elle

elle vient de m'en donner des
marques trop effentielles ; j'ai vû
dans ce moment toute fa fierté
diffipée ; elle a fouffert mes careffes, elle a même été au-devant ;
eft-il un mortel plus heureux que
moi ? Il eft vrai que mon efclavage a été humiliant , mais grace
à notre Souverain Prophete qui
m'a foutenu dans mon affliction ,
voilà ces momens fàcheux paffés,
& je ne dois pas m'en plaindre ,
puifqu'ils ont fait connoître àcette
adorable perfonne à quel point je
lui fuis dévoué; que l'on ne blâme
pas cette humeur fiere & impe-
rieufe, elle n'a pas tout à fait tort ;
les hommes font fi trompeurs,
qu'une femme raifonnable ne
doit pas s'y fier ; d'ailleurs, l'empire tyrannique qu'ils prennent
fur leur fexe, n'eft pas un bon
moyen pour s'en faire aimer ;
comment donc connoître fi notre
amour eft fincere ? Ah ! ce n'eft

que par des épreuves aussi singu-
lieres que l'on y peut parvenir ;
& loin d'en vouloir du mal à Margeon, je ne puis m'empêcher de
la louer de cette prudence ; je dois
lui rendre la justice que tous ses
caprices que j'ai essuyé pendant
mon esclavage, étoient feints, &
qu'elle en a souffert autant que
moi ; heureux Katifé, ne vient-
elle pas de te donner des preuves
bien sensibles de sa tendresse?
Sois donc aussi soumis à ses ordres
pendant le tems qui te reste à les
executer, que tu l'as été jusqu'à
ce jour, & force-la à convenir
que tu es seul digne d'être aimé
d'elle.

XLVII. SOIRE'E.

Suite des Avantures de Katifé
& de Margeon.

AVec ces difpofitions inte-
rieures je me rendis chez le
Marchand d'efclaves, qui m'avoit
vendu à Margeon ; je lui montrai
l'écrit par lequel elle m'avoit rendu la liberté, & lui ayant fait figne
de me chercher des habits convenables à mon état prefent, il fut
dans une extrême furprife de voir
que je ne répondois pas à tous
fes difcours, & que j'avois perdu
l'ufage de la parole. Comme il
avoit encore chez lui les hardes
que j'avois quitté en entrant chez
ma veuve, il me les préfenta :
Voilà Seigneur, me dit-il, vos
mêmes robbes que je vous ai gar-
dées, ainfi que le fecret que vous

m'aviez recommandé sur votre esclavage ; mais par quel funeste accident êtes-vous devenu muet ? Je ne jugeai pas à propos de répondre à sa demande , & je me contentai de lui faire entendre par mes gestes , que je ne pouvois là-dessus lui rendre aucun compte , après quoi m'étant habillé , je retournai chez moi.

Depuis un an que ma mere n'avoit eu de mes nouvelles, elle étoit plongée dans la douleur la plus amere ; comme elle s'imaginoit que j'avois été assassiné dans quelque galanterie où je pouvois avoir été surpris par un mari jaloux , vous pouvez croire qu'elle pensa mourir de joie en me revoyant au moment qu'elle y pensoit le moins ; elle me sauta au col avec les marques de la tendresse la plus sincere : eh, par quelle avanture, mon cher enfant, me dit-elle , en versant des larmes

en abondance, ai-je été plus d'un
an fans entendre parler de vous ?
Qu'êtes-vous devenu pendant
tout le tems que j'ai paffé dans
l'amertume ? & quelles raifons
affez fortes avez-vous eues pour
ne m'avoir pas fait fçavoir où vous
étiez ? Je reçus les careffes de
ma mere avec toute la tendreffe
imaginable ; mais comme je ne
répondis rien à toutes fes demandes, elle en fut dans une furprife
inconcevable : oh Ciel ! s'écria-
t'elle ! vous ne me dites mot ?
auriez-vous par quelque cruel
évenement perdu l'ufage de la
langue ? Je lui fis figne qu'elle me
feroit plaifir de ne me pas interro-
ger fur ce fujet, & comme elle ne
comprit pas tout-à-fait ce que je
lui voulois dire, elle me fit apporter de quoi écrire ; je lui fis connoître que je ne pouvois par ce
moyen l'inftruire de ce qu'elle
fouhaitoit fçavoir : Son étonne-

ment augmenta ; mais comme elle
n'apperçut rien de trifte fur mon
vifage , elle fut un peu moins allarmée qu'auparavant. Cette nouvelle fi finguliere s'étant répandue
dans ma famille , mes parens &
mes efclaves accoururent pour me
voir, & me firent mille queftions
plus embarraffantes les unes que
les autres ; je fus fourd à toutes
leurs demandes ; & comme j'a-
vois intention de jouer très-exac-
tement le perfonnage de muet,
je ne leur répondis jamais que par
fignes ; ils n'en furent pas moins
étonnés que ma mere ; & cet
évenement ayant fait grand bruit
dans Aden , je devins le fujet de
toutes les converfations de cette
Ville ; je ne pouvois m'empêcher
de rire de tous les raifonnemens
que l'on faifoit fur mon compte ;
chacun penfoit à fa maniere, &
perfonne ne touchoit au but ; enfin
cette nouvelle, au bout d'un mois,

étant parvenue jufqu'aux oreilles
du Sultan dont j'étois connu, il
m'envoya chercher pour fçavoir
par lui-même, quelle étoit la
raifon de mon filence.

J'avoue que je fus très-embar-
raffé en ce moment ; fi je ne pouvois pas parler, j'étois cenfé avoir
la liberté d'écrire, ou il m'étoit
facile de répondre par fignes aux
demandes que me faifoit ce Monarque ; cependant je ne balançai
pas long-tems fur le parti que
j'avois à prendre ; je refiftai cou-
rageufement aux prieres, aux ordres & aux menaces mêmes de ce
Prince, & je feignis de ne le point
entendre. Heureufement pour
moi, il ne regarda pas mon obfti-
nation à obferver le filence comme un crime ; & après avoir encore effayé les promeffes les plus
flatteufes, fans pouvoir rien obtenir de moi, il me fit figne de me
retirer.

Comme je ne doutois pas que cet évenement ne fût fçû de Margeon, je m'imaginai que je recevrois bien-tôt de fes nouvelles. Je ne me trompai pas; fon efclave favorite vint dès le lendemain m'apporter une lettre de fa part; elle m'y félicitoit de la fcéne que j'avois effuyée avec le Sultan, & m'ordonnoit de remettre fa lettre après l'avoir lûe à celle qu'elle en avoit chargée; j'obéis exactement à fes ordre, & je rendois la lettre à cette fille, lorfque je fus furpris de voir couler fes larmes : Seigneur, me dit-elle, en s'appercevant de mon étonnement, ce n'eft pas d'aujourd'hui que j'ai conçû de l'eftime pour vous; je n'ai pû voir le brave Katifé fous le nom de Mani, fans reffentir pour lui la plus vive tendreffe; inftruite du fecret de ma maîtreffe, à force de l'étudier, & fans qu'elle m'ait fait aucune confidence de fes projets,

j'admirois votre parfaite foumiffion pour une perfonne dont les
caprices font au-deffus de toutes
expreffions ; je vous plaignois de
voir que vos fervices étoient re-
butés fans aucune apparence de
raifon, & j'étois fur le point de vous
déclarer mes tendres fentimens, ,
lorfque Margeon vous a rendu la
liberté ; je croyois avec quelque
beauté, dont le Ciel m'a pourvûe,
pouvoir afpirer à votre cœur ;
mais par la maniere infenfible
dont vous me recevez , que je
connois bien que je me fuis abu-
fée ! je ne vois que trop , qu'un
homme tel que vous , n'a pas été
efclave chez Margeon fans des
raifons bien effentielles ; & je ne
puis m'empêcher de foupçonner
que les motifs qui vous ont fait
agir ainfi , & ceux qui vous obli-
gent encore aujourd'hui à garder
un filence fi fingulier, ne la desho-
noraffent s'ils étoient connus du

Public : Un Cavalier de votre
efpece eft bien dangereux auprès
d'une fi belle Dame ; notre fexe
eft fragile , & fi je n'ai pû me
défendre de vous aimer , lors même que vous étiez fous l'habit
d'un efclave , pourquoi ma maîtreffe qui vous connoiffoit , au-
roit-elle eu plus de force & de
vertu que moi , fur-tout ayant eu
la liberté entiere de vous voir feul
à toutes les heures du jour & de
la nuit?

XLVIII. SOIRE'E.

Suite des Avantures de Katifé & de Margeon.

JE fus fi étonné du difcours de
l'efclave & des foupçons inju-
rieux qu'elle avoit fur la conduite
de Margeon , qu'il fallut me rendre maître de toute ma raifon

pour ne pas rompre le filence dans
le premier mouvement de ma colere ; mais enfuite me perfuadant
que tout ce qui fe paffoit pouvoit
bien n'être qu'une adreffe de ma
maîtreffe , je regardai l'efclave
d'un air moqueur ; elle crut comprendre que je la foupçonnois de
fupercherie : non Seigneur , me
dit-elle, je ne cherche pas à vous
tromper , je vous aime véritable-
ment ; j'ai combattu dans les com-
mencemens l'inclination que j'a-
vois pour Mani , parce que je le
croyois un efclave d'une naiffance des plus communes ; mais depuis que je me fuis apperçû que
ce Mani étoit un Cavalier digne
de toute ma tendreffe , je n'ai pû
refifter à l'envie de la lui faire
connoître ; la Mingrelie m'a vû
naître , Seigneur ; mon pere qui
y avoit un Commandement dif-
tingué dans les Troupes de notre Monarque , y donna le jour

à l'infortunée Aboulaïna, pour
laquelle vous témoignez tant de
froideur ; il y fut tué, il y a environ huit ans, dans un combat qui
se donna contre le Sultan de
Georgie ; ma mere qui l'aimoit
tendrement, frapée d'une si cruelle nouvelle , en expira de douleur, & pour récompense du sang
que mon pere venoit de répandre, on nous mit deux de mes
sœurs & moi au nombre de cinq
cens esclaves, que l'on devoit livrer au Roi notre ennemi, & qui
ne donna la paix à notre Païs qu'à
cette condition. J'ignore ce que
mes malheureuses sœurs sont de-
venues, elles étoient encore dans
la plus tendre enfance ; pour moi,
qui pouvois avoir dix ans, je fus
livrée à des Marchands d'esclaves , qui me transporterent avec
beaucoup d'autres à Aden, &
j'y fus achetée heureusement par
Margeon, auprès de laquelle je

n'ai senti mon malheur que depuis que j'ai perdu l'esperance de toucher votre cœur. Moins traitée en esclave qu'en amie, je ne puis m'empêcher de vous avouer que cette aimable veuve a d'excellentes qualités, mais elles sont effacées par une bizarrerie outrée qui regne dans toutes ses actions, & je ne puis disconvenir que par son ordre, je venois ici pour vous séduire; Margeon à qui j'ai toujours caché l'inclination violente que j'avois pour Mani, ne s'est pas apparemment imaginée que je le reconnoîtrois dans Katifé; mais l'amour ne m'a pas laissé long-tems dans l'erreur; je ne veux point ici travailler pour le compte de ma maîtresse; je ne vous prétends entretenir que de moi. Parlez, Seigneur, faites-moi connoître que la possession de mon cœur ne vous est pas indifférente; Margeon m'a promis la liberté si je

puis vous engager à rompre les
engagemens que vous avez pris
avec elle ; devenue libre par ce
moyen , je puis afpirer à votre
main fi vous ne dédaignez pas ma
perfonne. Vous ne me dites rien,
Seigneur , ah ! poufferez-vous la
cruauté jufqu'à ce point ? faites-
vous réfléxion qu'un feul mot de
ma bouche peut détruire toutes
vos efperances ; je n'ai qu'à rap-
porter à Margeon que vous avez
parlé , vous êtes perdu fans reffource auprès d'elle ; mais ne craignez rien , je ne fçais pas acheter
mon repos, par un menfonge qui
m'attireroit bientôt toute votre
haine,&quand même en ce point,
vous auriez defobéi à ma maîtreffe,
quoique ce foit le feul endroit
par lequel je puiffe la détacher de
vous , je le lui cacherois encore
pour ne vous pas nuire auprès
d'elle ; tenez-moi donc compte ,
Seigneur, de ces fentimens , &

voyez jufqu'à quel point je pouffe avec vous la générofité.

Quelque franchife qu'il parût y avoir dans les difcours d'Aboulaïna, je ne crus pas devoir y ajouter foi ; je fentis auffi qu'il m'étoit d'une extrême confequence de ne la pas irriter : mais, malgré toutes ces raifons que la prudence me dictoit, je me perfuadai que je ne devois pas héfiter à lui ôter toute efperance ; je lui fis entendre du mieux qu'il me fut poffible, que j'aimois Margeon avec trop d'ardeur, pour lui devenir jamais infidele, & qu'il m'étoit impoffible de répondre à fa tendreffe ; mais qu'engagé par fes bonnes manieres à avoir pour elle tous les égards poffibles, je ne la laifferois pas long-tems dans la captivité.

Ces réponfes que je lui fis par fignes, & qu'elle comprit à merveille, loin de la contenter, ex-

citerent fes larmes en abondance;
enfuite paffant tout d'un coup
dans une fureur qui m'effraya;
eh bien cruel, me dit-elle, puifque tu méprifes mes offres, vois
de quelle maniere je veux me
venger de mon amour outragé :
alors tirant un poignard elle alloit s'en frapper, lorfque je lui
faifis heureufement le bras, & lui
arrachai le fer dont elle témoi-
gnoit vouloir fe percer le cœur.
Je fus fi émû de cet évenement
auquel je n'avois pas lieu de m'attendre, que mon premier mouvement fût d'appeller quelqu'une
des efclaves de ma mere ; mais
par un bonheur extrême je fus
affez maître de moi-même pour
qu'il ne me fût échapé aucune
parole, & je tâchois par les fignes les plus flatteurs d'adoucir
cet efprit irrité, lorfque je m'apperçus qu'à la fureur avoit fuc-
cedé l'évanouiffement le plus profond,

fond, & qu'en s'agitant pendant
que je voulois lui faire prendre
quelques eaux cordiales, elle me
laiffa entrevoir une gorge d'une
fi rare beauté, qu'il ne falloit
pas moins qu'un amour auffi conf-
tant que le mien pour Margeon,
pour ne pas fuccomber à la ten-
tation d'afpirer à la poffeffion
d'une fi charmante perfonne.

XLIX. SOIRE'E.

Suite des Avantures de Katifé
& de Margeon.

Grand Prophete ! me dis-je
alors en moi-même, fou-
tiens un vrai Mufulman dans le
plus rude combat auquel il fe
foit jamais trouvé, & fais, s'il eft
poffible, qu'il en forte victorieux.
A peine eus-je achevé cette priere mentale, que foit que le Pro-

phete m'eût regardé en pitié, ou
que l'évanouiffement d'Aboulaïna dût prendre fin, elle revint à
elle; & rentrant dans des fenti·
mens plus moderés : Je vous demande excufe de ce qui vient de
fe paffer, Seigneur, me dit elle;
je fens combien cela dégrade mon
fexe; je connois toute l'étendue de
votre probité, je vous en tien-
drai compte aux dépens de ma
vie même, & loin de trahir vos interêts auprès de ma maîtreffe, je
vais lui faire un recit fidele de
toutes vos vertus ; vivez heureux
avec elle, elle eft digne de toutes vos affections, malgré fes bi-
zarreries affectées : Pour moi je
ne mérite que votre pitié ; adieu,
Seigneur, fouvenez-vous quelquefois d'une fille infortunée,
dont vous caufez involontaire-
ment tous les malheurs.

A peine Aboulaïna eut-elle
achevé, que reprenant fon voile

elle fe leva , & fortit malgré les
efforts que je fis pour la retenir
encore quelque tems , dans l'appréhenfion où j'étois qu'elle n'eût
pas la force de retourner chez
elle , quoiqu'il n'y eût que trois
maifons entre la mienne & celle
de Margeon.

Je ne crois pas qu'après ma
belle veuve, l'on pût rien voir
de plus parfait que cette Mingrelienne , encore falloit - il avoit
l'efprit & le cœur auffi préoccu-
pés que je les avois pour ne pas
donner la préférence à la derniere ; & fi je n'avois pas fait attention à elle , pendant que nous
avions demeuré dans la même
maifon , c'eft que dans toute mon
année d'efclavage , n'ayant été
introduit que fept ou huit fois au
plus , dans l'interieur de l'appartement de ma maîtreffe , tous
mes regards avoient toujours été
fixés fur cette adorable perfonne,

& que les autres objets m'étoient abfolument indifférens.

Je fus plus de quinze jours fans entendre parler de ma veuve, ni d'Aboulaïna; & je commençois à être inquiet d'un fi long filence, lorfque je reçûs une lettre qui m'ordonnoit de me rendre chez Margeon fans perdre un feul moment. J'y courus promptement, & je fus confterné en arrivant, de la voir livrée à l'affliction la plus marquée; elle étoit au chevet du lit de la belle efclave que j'apperçûs dans un état déplorable: fes beaux yeux d'où j'avois vû fortir les feux les plus vifs, étoient prefqu'éteints, & l'on ne voyoit plus fur fon vifage aucuns de ces traits qui m'avoient frappé dans la vifite qu'elle m'avoit rendue: Venez voir votre ouvrage, me dit triftement Margeon, & regardez la cruelle fituation où vous avez réduit cette fille infor-

tunée ; je l'aime avec la derniere
tendreſſe, je ne veux pas la perdre, s'il eſt poſſible, & vous ſeul
êtes capable de lui rendre la vie ;
je n'ignore rien de ce qui s'eſt
paſſé entr'elle & vous ; & ſi j'ai
lieu de me louer de votre fidé-
lité & de votre obéiſſance, votre
dureté pour l'aimable Aboulaïna
en ôte tout le mérite. Mais comme il peut être encore tems de
réparer tout le mal que vous lui
avez fait, je veux que dans ce
moment même vous lui juriez,
non-ſeulement que vous en êtes
au deſeſpoir, mais encore que
vous êtes prêt à la prendre pour
votre épouſe.

Je reſtai ſi étourdi de la propoſition de Margeon, pourſuivit
Katifé, que j'en devins immobile. Vous croyez peut-être, me
dit-elle, que tout ceci n'eſt que
pour vous éprouver, non, je vous
le répéte, je veux abſolument

que vous executiez ce que je
vous ordonne : ce font les combats que cette fille a foutenu depuis votre derniere entrevûe qui
la réduifent dans un état auffi
cruel ; & comme il n'y a que le
don de votre main qui puiffe y
apporter du remede , c'eft un facrifice que je veux bien lui faire :
je l'aime au point de confentir à
partager votre cœur avec elle ; dites-lui donc que vous l'aimez , &
dites-le lui d'une maniere à l'en
bien perfuader ; je vous difpenfe
du commandement que je vous
ai fait de garder pendant cette
année, un filence inviolable , &
je vous déclare que je veux être
obéïe fur le champ , fous peine
d'encourir ma difgrace.

La maniere dont je parus recevoir ces ordres , fit connoître à
Margeon que je ne me fentois
pas bien difpofé à lui obéir : elle
pouvoit lire dans mes yeux l'ex-

trême pitié que j'avois du malheureux fort de fon efclave ; mais
elle n'y voyoit pas que je fuffe
prêt à l'époufer, ni encore moins
que je vouluffe l'affurer de bouche, d'avoir la moindre difpofi-
tion à faire là-deffus fes volontés ;
& quelque chofe qu'elle pût faire, elle ne put jamais tirer de moi
une feule parole. Mon obftina-
tion la revolta, elle entra alors
dans une fi violente colere, que
j'en fus effrayé : perfide, me dit-
elle, eft-ce ainfi que tu fais paroître de la docilité pour mes
commandemens ? par un excès
d'obéiffance mal placée, tu veux
donc laiffer périr une fille auffi aimable ? Va, miférable, fors de ma
préfence, ne te montre jamais
devant mes yeux, je revoque tout
ce que je t'ai jamais promis : au
lieu de cette tendreffe dont je t'a-
vois flatté, fois déformais fûr de
toute ma haine.

L. SOIRE'E.

Suite des Avantures de Katifé & de Margeon.

JE ne pus souffrir sans frayeur les regards de Margeon ; & j'étois en ce moment dans la plus violente agitation que l'on puisse imaginer : cependant, prenant mon parti, je me jettai à ses pieds, & je lui fis comprendre que, quelque menace qu'elle pût employer, je ne romperois pas le silence ; mais que j'étois prêt à lui obéir en toute autre chose, si elle me l'ordonnoit absolument. Et bien, dit-elle d'un ton radouci, je veux bien te pardonner ton obstination sur ce premier article, puisque tu n'apportes plus de ré-sistance à mes intentions sur le second ; que l'on aille chercher l'Iman.

l'Iman. Ses ordres furent exécutés fur-le-champ : l'Iman arriva peu de momens après, elle lui expliqua dequoi il s'agiſſoit, je parus conſentir à ſes volontés ; & nous fûmes Aboulaïna & moi mariés dans l'inſtant même.

L'extrême triſteſſe qui regnoit ſur mon viſage paroiſſoit d'une nature aſſez équivoque, & ſi Margeon pouvoit croire qu'elle procédoit de la violence que je venois de me faire pour lui obéir, Aboulaïna de ſon côté, avoit lieu de s'imaginer qu'elle provenoit de ce que je la voyois dans un état ſi digne de compaſſion : après s'être épuiſée en remerciemens envers ſa maîtreſſe, dont elle baignoit les mains de ſes larmes ; je vous ſais bon gré, Seigneur, me dit-elle, de votre extrême complaiſance pour une infortunée qui n'a plus que quelques jours à vivre ; mais je ſens bien que vos bontés

me deviennent inutiles ; connoiſ-
ſant combien ma Maîtreſſe vous
aime , je ne voulois pas l'inſtruire
de ma paſſion pour vous, je l'ai
combattue autant qu'il m'a été
poſſible, j'en ſuis la victime, je me
ſuis expliquée trop tard avec elle,
& je n'ai pas lieu d'eſpérer que je
profite entierement de la ſoumiſſion que vous venez de marquer
pour ſes volontés : mais, Seigneur,
j'emporterai dans le tombeau le
nom de votre épouſe , cela me
ſuffit ; daignez achever votre ouvrage , ne me quittez point, je
vous en conjure , & permettez
du moins que j'aie la conſolation
de mourir entre les bras de mon
époux , & de me flatter qu'il re-
grettera la perte de la trop tendre
Aboulaïna.

Tâchez plutôt d'y retrouver la
vie, s'écria Margeon en fondant
en larmes ; c'eſt une obligation
que je veux avoir, s'il eſt poſſible,

à Katifé ; & loin de voir d'un œil
de jaloufie toutes les careffes qui
vous font dûes fi légitimement, je
vous jure à l'un & à l'autre par
notre grand Prophete, que rien
ne me fera plus de plaifir, perfuadée que Katifé ne m'en aimera
pas moins. Alors Margeon étant
fortie de la chambre où nous
étions, je reftai feul auprès de ma
nouvelle époufe : Seigneur, me
dit-elle tendrement, donnez-moi
du moins la confolation de me
dire que votre cœur n'a pas fenti
de répugnance à prendre les engagemens qui nous uniffent, &
que fi vous n'aviez jamais vû ma
chere Maîtreffe, vous n'auriez
pas été infenfible à tout l'amour
que je reffens pour vous.

Je crus en cette occafion ne
devoir pas défefpérer cette aimable perfonne ; je pris fa main, je
la portai fur mon cœur, & la lui
ayant arrofée de mes larmes, je

lui fis comprendre que puifque
Margeon autorifoit notre union,
elle pouvoit s'affurer de partager
avec elle toutes mes affections,
& je fcellai ces promeffes par un
baifer qui penfa la faire mourir de
joie : mais que devins-je ! lorfque
je m'apperçus que cette joie fut
fuivie d'un évanouiffement fi confidérable , que je crus qu'elle
venoit d'expirer. Je courus à l'appartement de Margeon , je lui
rendis compte par fignes de ce
qui venoit de fe paffer entre fon
efclave & moi ; nous rentrâmes
promptement dans fa chambre,
& nous la fîmes revenir à force
de remedes ; mais malgré tous
nos foins elle retomboit dans de
pareilles fyncopes de momens en
momens. Il y a apparence que la
révolution qui venoit de fe faire
dans le cœur de cette infortunée
Mingrelienne , avoit caufé une
violente altération dans fon tem-

pérament , puifque malgré tous
nos foins, nos attentions , & les
médicamens confortatifs que
nous lui fîmes prendre, elle tomba dans une langueur qui la priva
de la vie le cinquieme jour de notre mariage. Je ne l'abandonnai
pas un feul moment pendant tout
ce tems, elle expira , comme elle
l'avoit fouhaité , entre mes bras ;
& je fentis redoubler infiniment
ma douleur de ne pouvoir du
moins lui exprimer par mes paroles combien j'étois fenfible à fa
perte. Margeon témoin de tout ce
qui s'étoit paffé entre Aboulaïna
& moi dans ces derniers momens,
ne put s'empêcher d'approuver la
conduite que j'avois tenue en
cette occafion. Je vous fais un gré
infini me dit-elle , de la manière
dont vous vous êtes comporté
dans une occurrence auffi délica-
te ; continuez , ne vous rebutez
pas ; mais comme votre préfence

n'eſt plus néceſſaire en ces lieux ,
& que votre douleur ne feroit
qu'augmenter à la vûe des triſtes
cérémonies auxquelles nous allons nous employer, il eſt à propos
que vous retourniez chez vous.

J'obéis aux ordres de Margeon,
d'autant plus volontiers que le
ſpectacle d'Aboulaïna morte , &
morte par rapport à moi , m'avoit
touché à un point que j'avois toutes les peines du monde à ne pas
faire éclater ma douleur. Je me
retirai donc chez moi , & je m'y
livrai à la plus profonde triſteſſe,
bien perſuadé que je ne pouvois
trop regretter une perſonne d'un
ſi rare mérite , & qui perdoit la vie
par un excès d'amour pour moi.
Je donnois ſans ceſſe des larmes
à ſa mémoire ; & quoique le tems
efface les plus grandes douleurs ,
il y avoit plus de deux mois que
j'avois perdu Aboulaïna, & que je
la pleurois encore , lorſqu'un ſoir

que, renfermé dans ma chambre,
je lifois l'Alcoran, un efclave noir
y entra brufquement, & me perça
le cœur par la nouvelle la plus
cruelle & la moins attendue :
Seigneur, me dit-il, Margeon
expire en ce moment, elle veut
vous parler avant que de rendre
les derniers foupirs, fuivez-moi,
il n'y a pas un moment à perdre.

Fin du Tome fecond.